民国世界文学经典译著·文献版（第八辑：德国俄国及挪威等国戏剧）

◆果戈理戏剧选◆

巡按使及其他

［俄］果戈理 著 耿济之 译

上海三联书店

图书在版编目(CIP)数据

巡按使及其他 / [俄] 果戈里著；耿济之译.
—上海：上海三联书店，2018.4
ISBN 978-7-5426-6139-5

Ⅰ.①巡… Ⅱ.①果…②耿… Ⅲ.①剧本—作品集—俄罗斯—现代
Ⅳ.①I512.35

中国版本图书馆 CIP 数据核字（2017）第 297893 号

巡按使及其他

著　　者 / [俄] 果戈里
译　　者 / 耿济之

责任编辑 / 陈启甸
封面设计 / 清　风
责任校对 / 江　岩
策　　划 / 嘎　拉
执　　行 / 取映文化
监　　制 / 姚　军

出版发行 / 上海三联书店
（201199）中国上海市闵行区都市路 4855 号 2 座 10 楼
电　　话 / 021-22895557
印　　刷 / 常熟市人民印刷有限公司

版　　次 / 2018 年 4 月第 1 版
印　　次 / 2018 年 4 月第 1 次印刷
开　　本 / 650×900　1/16
字　　数 / 400 千字
印　　张 / 24.25
书　　号 / ISBN 978-7-5426-6139-5 / I·1341
定　　价 / 118.00 元

敬启读者，如发现本书有印装质量问题，请与印刷厂联系 0512-52601369

出版人的话

中国现代书面语言的表述方法和体裁样式的形成，是与20世纪上半叶兴起的大量翻译外国作品的影响分不开的。那个时期对于外国作品的翻译，逐渐朝着更为白话的方面发展，使语言的通俗性、叙述的完整性、描写的生动性、刻画的可感性以及句子的逻辑性……都逐渐摆脱了文言文不可避免的局限，影响着文学或其他著述朝着翻译的语言样式发展。这种日趋成熟的翻译语言，推动了白话文运动的兴起，同时也助推了中国现代文学创作的生成。

中国几千年来的文学一直是以文言文为主体的。传统的文言文用词简练、韵律有致，清末民初还盛行桐城派的义法，讲究“神、理、气、味、格、律、声、色”。但这也在一定程度上限制了情感、叙事和论述的表达，特别是面对西式的多有铺陈性的语境。在西方著作大量涌入的民国初期，文言文开始显得力不从心。取而代之的是在新文化运动中兴起的用白话文的句式、文法、词汇等构建的翻译作品。这样的翻译推动了“白话文革命”。白话文的语句应用，正是通过直接借用西方的语言表述方式的翻译和著述，逐渐演进为现代汉语的语法和形式逻辑。

著译不分家，著译合一。这是当时的独特现象。这套丛书所选的译著，其译者大多是翻译与创作合一的文章大家，是中国现代书面语言表述和中国现代文学创作的实践者。如林纾、耿济之、伍光建、戴望舒、曾朴、芳信、李劼人、李葆贞、郑振铎、洪灵菲、洪深、李兰、钟宪民、鲁迅、刘半农、朱生豪、王维克、傅雷等。还有一些重要的翻译与创作合一的大家，因丛书选入的译著不涉及未提。

梳理并出版这样一套丛书，是在还原中国现代文学史上的重要文献。迄今为止，国人对于世界文学经典的认同，大体没有超出那时的翻译范围。

当今的翻译可以更加成熟地运用现代汉语的句式、语法及逻辑接轨于外文，有能力超越那时的水准。但也有不及那时译者对中国传统语言精当运用的情形，使译述的语句相对冗长。当今的翻译大多是在著译明确分工的情形下进行，译者就更需要从著译合一的大家那里汲取借鉴。遗憾的是当初的译本已难寻觅，后来重编的版本也难免在经历社会变迁中或多或少失去原本意蕴。特别是那些把原译作为参照力求摆脱原译文字的重译，难免会用同义或相近词句改变当初更恰当的语义。当然，先入为主的翻译可能会让后译者不易企及。原始地再现初时的翻译本貌，也是为当今的翻译提供值得借鉴的蓝本。

搜寻查找并编辑出版这样一套丛书并非易事。

首先确定这些译本在中国是否首译。

其次是这些首译曾经的影响。丛书拾回了许多因种种原因被后来丢弃的不曾重版的当时译著，今天的许多读者不知道有所发生，但在当时确是产生过一定的影响。

再次是翻译的文学体裁尽可能齐全，包括小说、戏剧、传记、诗歌等，展现那时面对世界文学的海纳百川。特别是当时出现了对外国戏剧的大量翻译，这是与在新文化运动影响下兴起的模仿西方戏剧样式的新剧热潮分不开的。

困难的是，大多原译著，因当时的战乱或条件所限，完好保存下来极难，多有缺页残页或字迹模糊难辨的情况，能以现在这样的面貌呈现，在技术上、编辑校勘上作了十足的努力，达到了完整并清楚阅读的效果，很不容易。

“民国世界文学经典译著 · 文献版”首编为九辑：一至六辑为长篇小说，61种73卷本；七辑为中短篇小说，11种（集）；八、九辑为戏剧，27种32卷本。总计99种116卷本。其中有些译著当时出版为多卷本，根据容量合订为一卷本。

总之，编辑出版这样一套规模不小的丛书，把世界文学经典译著发生的初始版本再为呈现，对于研究界、翻译界以及感兴趣的读者无疑是件好事，对于文化的积累更是具有延续传承的重要意义。

2018年3月1日

［俄］果戈理 著 耿濟之 譯

巡按使及其他

中華民國三十年十二月初版

巡按使及其他

果戈理著　　狄潤之譯

「巡按使」也是中國人大抵知道的有名的喜劇，舊有譯本可惜不全。這回仍由原文譯出，不但不因原文難解，暗暗刪除，而且句句傳神，惟妙惟肖，有此才知道「巡按使」究竟是怎樣的作品。並附關於「巡按使」的文獻一種及作者手繪的圖像一幅。末加長篇「婚事」一篇，短劇五篇。另附插圖多幅。

巡按使“哑场”

（果戈理手笔）

果戈理像

（萬涅齊央諾夫畫）

譯者前記

在五六年前就想動手翻譯的這本集子到現在纔算脫稿。婚事早經譯出，在譯文上發表過。巡按使當時已經譯了一半，後來因事擱置，直到最近纔繼續完成，再譯了五種短劇，湊成了這本集子。

果戈理的戲劇本來不多，除去著名的巡按使以外，祇有些短篇的戲劇，有些甚至是未完稿的斷片。在這個集子裏，除有兩篇以外，其餘的劇作都已被採入。這兩篇是戲院門前和阿里佛萊脫。譯者未予採入本集的原因，乃是爲了第一篇不能認作眞正的戲劇，而『祇是在戲劇的形式裏的一篇雜誌論文』（白林司基語），至於第二篇則用英國歷史的事實衍譯而成。果氏自已不懂英文，所譯名詞大半不正確。所以這兩篇短劇決定不採進去了。

果戈理從一八三四年夏季起卽着手寫巡按使，次年初稿告成，以後迭經删改，到了一八四二年方纔完稿。這樣，經了八年的長期的工作，完成了一篇五幕的喜劇，足見果氏對於文學工作的如何審愼精勤。最初寫巡按使的衝動，據果氏自述，出於普希金氏。按照騷洛古勃伯爵的回憶，『普希金和果戈理相識後，曾對他講起諾夫果洛特省烏司邱諍城裏出了一件事情，有一個過路的旅客自稱是部裏的官員，騙取了市民許多金錢。此外，普希金在遲遲堡的時候，彼得夫司基伯爵曾接到一封祕密的信，警告他提防普希金，因爲普氏來此採集蒲加曾夫叛變歷史的材料僅爲一種藉口，事實上則爲祕密調查遲遲堡官員的行動。』普氏本準備根據這兩種事實自己寫出一部喜劇。

一八三五年果戈理寫信給普希金，說道：『請您費心給我一個題材可笑的或不可笑的都好，但是要純粹俄羅斯的故事。我的手急於想寫一部喜劇。』大概對於上項請求的回答，就是將巡按使的題材，『純粹俄羅斯的故事，』讓給果氏。

這個題材在果戈理方面是漸進地發展着的。需用了許多年的精勤的工作。果氏隨着這喜劇的發展而一齊發展。一個滑稽的故事漸漸地變爲深刻的社會的喜劇，以後又發生了把牠縮成神祕的，教訓式的寓言的企圖……這複雜的創作的歷程，伴着作者的多少帶些精神上的病態而進展的，需要用極多的篇幅，而不是簡單的話語所能加以說明的。

在這裏祇能指出一些事實，那就是巡按使於一八三四年起寫，舞台稿於次年十二月初旬寫成，經過官廳的檢查手續，於一八三六年三月二日核准上演。以後果氏又予删改多處。是年五月十九日在彼得堡初次上演，（阿歷山特林司基劇場）在莫斯科的初演則在五月廿五日，（小劇場。）同時果氏另寫一部爲出版用的稿子，最初的版本於一八三六年四月間發行。在經過了許多次的修改以後，到了一八四二年七月中旬，最後的定本方纔完全脫稿。

現在呈獻在讀者面前的自然是一八四二年的定本（卽第三版。）如將以前版本裏被删出的許多場面，最初的原稿，以及果氏在心理轉變後所寫成的「巡按使的尾聲」（寫於一八四六年十月）等等的材料附譯下來，像俄文的果戈理全集所附載著的，那是極有趣的辦法，可以看到作者創作的變化和進展的歷程，但是篇幅不容許我這樣做。

在這裏單祇附譯作者致某文學家的書信的斷片，是作者於巡按使第一次公演後寫的。所謂某文學家卽指普希金。果氏於一八四一年致阿克薩閣夫函中曾提起此信。他說：「普希金當時住居鄉間。劇本公演時他未在場。他想給他的雜誌寫一篇完全的批評的文字，所以請我通知他舞台上奏演的情形。這封信寫下以後並沒有發出因爲普希金不久自已到城裏來了。從這封信裏，我把對於我和他兩人本身有興趣的一切删去，僅留下可以使將來排演巡按使時有興趣的一切，假使它將來能排得成的話。我以為現在發表出來的斷片對於一個聰明的伶人在扮演赫萊司達闊夫的角色時是不多餘的。』

果戈理於一八三三年就起意寫未婚者們（後改名婚事）經過了一八三四至一八三五年，一八三八至一八四〇年的修改，到了一八四二年纔脫稿，將它排演和出版。在一八三三至一八三四年，他特別致力寫這劇本，當時他正尋覓一個題材，『使一個巡警無從感到侮辱』的題材。

在婚事的題目底下果戈理加上了一個小題：『完全離奇的事件。』在一方面無聊地硬叫人結婚，一方面本想結婚是終於逃婚的，真是『完全離奇』的故事中間，包含着在每人身上多少隱瞞或顯露着的人性的軟弱和醜惡，和社會上對於婚姻的觀念。

白林司基對於婚事的主角鮑闊賴新的批評十分有趣。他說：『鮑闊萊新不僅是委靡不振，無決斷力，意志軟弱，蓋人可以管治的人；他的無決斷特別表露在婚姻問題上面。他極願結婚，但是沒有力量從事。在起意的時候，他堅決到英雄氣概的地步；但是剛要實行，便成為儒怯者。這是一種病，為太多的人們，比鮑闊賴新還聰明而且有學問的人們所熟悉的。作者在鮑闊賴新的性格裏，揭出而且表現一個普通的點線和觀念。鮑闊賴新祗服從高慈卡寥夫一人，因爲他是一個無賴，不對他讓步便等於決定做出一個亂子，自然並不危險，但終是不體面的亂子。』

除了一八四二年的刊本外，——即現在翻譯的定本，——現在尚保存着五種手稿，一爲初稿，二爲一八三四年改正稿，三爲彼得堡改稿，四爲第一次羅馬稿，五爲第二次羅馬稿。賭徒創作的時間未能確定。出版的日期爲一八四二年。它曾和婚事同演於彼得堡。這個喜劇不是虛構出來，却是根據賭徒實在的行爲的事實而寫成的。阿克薩闊夫在致奥戈理的信中敍出，莫斯科人士關於賭徒的有趣的議論：『我到貴族俱樂部裏去賭牌，裏面有一間大屋，坐着一些和克魯格里，施伏赫湼里暱相同的人。他們大家不耐煩地等候賭徒，常常問我，這是什麽劇本？當時大家一致說出下面的話：婚事並不如我們所期望的，比巡按使差得多，甚至沉悶而且不自然，但是賭徒是很好的，不過這祇是一段古老的笑談；而且所有關於賭徒的傳說都是些老生常談。有一個人說現在這類的把戲已不再使用，無人去研究紙牌背面的圖畫。』

最後的四篇短劇，——實際上說來，並不是短劇，而是幾個零段的場面，——本來是從一部未完成的喜劇三等佛拉地米勳章裏改編而成的。這篇未完成的喜劇的主角，據說以領到三等佛拉地米勳章爲一生的大目的。在各種勳章中聖佛拉地米勳章享受特別的優權和尊重，須有特別勞績和多年服官方有領取這勳章的希望。劇本主角努力領得這勳章的事實成爲喜劇的基本的題材，就從這裏發展出各種笑料來。最後，主角發了瘋，心中幻想他自己就是三等佛拉地米勳章。這喜劇如果寫成，以作者富於幽默和諷刺的才能，必能成爲一部傑作。

但是這喜劇爲什麽已起始寫，而終未完成呢？這在果戈理致博郭定的信中可以給我們相當的解釋。他說：『我不知道爲什麽我現在這般渴望現代的名譽？我的整個的深邃的心靈想向外掙脫出去……但是我至今沒有寫出什麽……題材業已選定，連題目都寫在一本厚厚的白紙簿上：三等佛拉地米勳章，而且有多少的憤嫉，多少的笑，多少的俏皮話！……然而忽然止住了，因爲看到那支筆竟擱在檢察官無論如何不會放過去的一些地方。一個劇本不能上演，那有什麽意思呢？戲劇在舞台上方能生活；沒有它，劇本就好像沒有肉體的靈魂。那一個匠人肯將未製成的作品對人們顯示呢？——我惟有想出一個極天眞爛熳的題材，使一個巡警也無從感到侮辱。然而喜劇而無眞實和謾罵，那還能成爲喜劇麽？』這裏所謂『極天眞爛熳』的題材就是指婚事而言。

單就從四個斷片的短劇而論，它們也各自成爲優美的，值得我們欣賞的作品。

官員的早晨（作者原題爲官員的早晨，後來付印時改爲幹員的早晨，但華譯本上則仍其舊名）發表在一八三六年的普希金主編的現代人雜誌上。而打官司和僕室完稿於一八三九年或一八四〇年春。斷片則於一八三七至一八四二年間幾經修改，最初見於第一版的果戈理作品集中。

郭脫路萊夫司基批評這幾個斷片，說道：「從藝術的的完成方面而言，這些斷片實是完善之作。用這樣少的字數而達到這樣的形象化，是難於想像的。每個人物都是活潑潑的人物；話語是自然而且普通的；在完成上是值得驚奇的事實。」

是的，我們談到這四個斷片並不感到它們是殘缺不全的東西，却作爲各自獨立的，充滿現實主義的精神的藝術品，而加以欣賞，和巡按使與婚事等同樣予以珍視。

一九四〇年七月。

目錄

巡按使

出場人物

安東・安東諾維奇・司克伏慈尼克－特莫漢司基——市長。

安娜・安德列夫納——其妻。

瑪里亞・安東諾夫納——其女。

羅加・羅基奇・赫洛博夫——學校視察員。

其妻。

阿莫司・費道洛維奇・略布金－費布金——推事。

阿爾鉄姆・費里帕維奇・宰姆略尼卡——慈善機關管理員。

伊凡・庫茲米奇・施其金——郵政局長。

彼得・伊凡諾維奇・道勃欽司基
彼得・伊凡諾維奇・鮑勃欽司基 ——本城田主

伊凡・阿歷山大洛維奇・赫萊司達闊夫——彼得堡來的官員。

遐西布——其僕。

赫里司強・伊凡諾維奇・基勃迴爾——縣醫官。

費道爾・安德列維奇・陸陸闊夫
伊凡・拉扎列維奇・拉司達闊夫司基
司鉄彭・伊凡諾維奇・郭洛勃金
——退職的官員，本城的體面人物。

司鉄彭・伊思奇・烏赫魏爾託夫——區警察署長。

司維司圖諾夫
蒲果維域
台爾日莫爾達
——警士。

阿勃圖林——商人。

發佛耶耶・彼得洛瓦・博施萊布金那——銅匠的女人。

伍長的妻子。

米士卡——市長的僕人。

旅館的僕人。

男女賓客們，商人，下市民，請願者。

性格與服裝

（藝員諸君注意）

市長，一個服官已到了老年，自以爲很不愚蠢的人。雖好收賄賂，然而舉止很正經；態度充分地嚴肅，甚至有點喜歡評理；說話不高不低，不多不少。他的每句話都含有意義。他的臉龎粗糙而堅韌，像每個從低小的職位上起始從事艱苦的職務的人一樣。從恐怖轉到快樂，從低卑轉到傲慢是極快的，像具有粗暴地發展着的心靈傾向的人一般。他照例穿帶鈕扣紐的制服和有踢馬刺的長靴。頭髮剃短，已作斑白色。

安娜·安德列夫納，他的妻子，外省派頭的好玩弄風情的女人，歲數不很老，所得的教育一半靠小說和畫册，一半則靠儲藏室中和閨房內的一些雜亂事情。她有好奇心，遇有機會便暴露虛榮心。有時對丈夫實施權力，祇是因爲丈夫找不到回答她的話的緣故；但是這種權力祇限於瑣碎事情，不過是些責備和嘲笑的話。她在本劇的持續期間四次更換衣服。

赫萊司達闊夫二十三歲的青年人，身軀細瘦，有點恐慌，所謂腦筋裏沒有主宰，——是衙門內稱爲最空虛的一類人裏的一個。他的說話和行動沒有一點考慮。他沒有將持久的注意力停留到任何一個念頭上面的能力。他的說話是零落的，話語會完全出人不意地從他的嘴裏飛出來。扮這角色的人越顯出誠懇和平凡越多，便越見出色。他的衣着是時髦的。

渥西布，僕人，和平常年紀稍老的僕人一樣。他說話嚴正，看人略向下，好講理性，愛對自己講爲他的主人所說的教訓的話。他的嗓音永遠差不多是平正的，和主人談話的時候做出嚴肅的，急遽的，甚至有點粗暴的表情，他比主人聰明些，所以事情猜得快些，却不愛說許多話，是一個靜默中的騙子。他的服裝是灰色的或藏青的破舊的長掛。

鮑勃欽司基與道勃欽司基，兩個矮矮的，很好奇的人，容貌很相像；兩人都有不大的肚腹，兩人說話都很急而且用姿勢和手勢作極多的幫助。道勃欽司基比鮑勃欽司基稍高些，還嚴肅些，鮑勃欽司基則比道勃欽司基隨便些，活潑些。

略布金—賈布金，推事，讀過五六本書，所以有點自由思想。他是喜歡猜事，所以對於每句話都加上分量。扮他的人必須永遠在臉上保持極有意義的神情。他用低音說話，拉長着調子，發出嘶啞的，像犯鼻疽病似的嗓音，像古式的鐘，先發出嘶聲，以後再叫響。

宰姆略尼卡，慈善團體的管理員，很胙，轉不過灣來，舉止笨拙，但又好鑽營，愛騙人。他很喜歡替人做事，老是張羅着。

郵政局長，坦白到天眞的地步的人。

其他角色毋須特別解釋，他的原型幾乎永遠可以在眼前找到。

藝員諸君應該特別注意最後一場。最後說出的一句話應該一下子，突然，對於大家引起閃電般的震動。整班的人應該在一刹那間變動他們的狀態。驚訝的聲音應該從所有女人的嘴裏一下子掙脫出來，好像從一個胸腑裏發出來似的。如果不守這一點，整個的效果會因此消失的。

第一幕

市長家內一室。

第一場

市長，慈善機關管理員，學校視察員，推事，警署長，醫官，警士兩名。

市長　我請諸位來，告訴你們一件極不愉快的新聞：巡按使快到我們城裏來了。

推事　怎麽，巡按使？

慈善機關管理員　（下简稱管理員）怎麽，巡按使？

市長　彼得堡來的巡按使，隱了姓名來的。還帶着祕密的諭旨。

推事　這眞是糟了！

管理員　本來沒有煩心的事，現在來了！

學校視察員　（下简稱視學）哎喲！還帶着祕密的諭旨！

市長　我似乎預先感到的！今天我整夜夢見兩隻特別的老鼠，這類的老鼠我眞是從來沒有看見過的：烏黑的，不自然的形狀！跑來了以後，嗅聞一下，——便走開了。我對你們唸我從安德烈・伊凡諾維奇・赤梅霍夫那裏接到的一封信，這位赤梅霍夫，您是認識的，阿爾鉄姆・費里帕維奇。這是他所寫的：『仁兄，親家，恩師尊鑒：』（用微語唸言，眼睛迅快地馳轉）……『敬陳者……』啊！在這裏：『玆有一事奉告：近有大員奉諭來省視察，尤注意我縣情況。（舉指向上，帶着極大的意義。）雖彼自承僅爲尋常人物，但弟業於可靠方面探聞其詳。弟知吾兄辦事容有小疵，此蓋盡人所不免，以兄之聰穎過人，倘來之物不願輕予放棄，』……（止讀）這裏是私事……『故敢奉瀆，請一切處以謹愼；該大吏恐不久卽赴貴城，且恐早已行抵，隱名居住某處，亦未可知……弟昨曾……』這下面是家務事情：『舍妹安娜・基里洛夫納偕同妹丈抵此；伊凡・基里洛維奇體極胖，好弄絃琴……』這封信就是這樣子。就是這個情形。

推事　是的，這情形是不尋常的，很不尋常的。有點不大那個。

視學　爲什麼？安東・安東諾維奇，這是爲什麼？巡按使到我們這裏來做什麼？

市長　爲什麼？顯然是命運如此！（歎）感謝上帝，以前儘到別的城裏去，現在輪到我們頭上來了。

推事　我以為，安東·安東諾維奇，這裏有微細的，多半是政治上的原因。這意思就是俄羅斯……是的……想發起戰事，所以部裏就派官員來調查有沒有造反的情形。

市長　您怎麼想到這上面去了！還是聰明人呢！在縣城裏會有造反的情事的！它是位置在邊界上的麼？從這裏出發，哪怕走三年，也走不到外國去的。

推事　不，我對您說，您不要這樣……您不要……上司是具有精細的眼光的：不管遠不遠，它總要顧慮到的。

市長　不管顧慮到，或是不顧慮到，我是已經對諸位警告過的了。——我在自己方面已經做了各樣的安排，也勸你們做一下。尤其要勸您，阿爾鉄姆·費里帕維奇！這位過路的官員一定先要視察您所管轄的慈善機關，——所以您應該弄得十分雅觀；帽子要潔淨，病人不能像鉄匠一樣，照舊穿着家用的衣服。

管理員　這還不要緊。帽子大概可以戴得乾淨些的。

市長　是的，還有，在每張牀上要掛上用拉丁文或別種什麼文字寫下來的牌子……這是關於您的部分，赫里司強·伊凡諾維奇，——上面標明病名：什麼時候起病，哪一天，那一號……你們的病人儘拙些濃冽的烟葉，這很不好。人一走進去，永遠要打噴嚏的。最好是少弄些病人否則會立刻認作管理不善或醫官的無能。

管理員　關於治療一層，我和赫里司强・伊凡諾維奇自有方法：越近自然越好，——我們決不用成本貴的藥。一個人是很普通的；假使要死，總是要死的；假使要病好，就會病好的。赫里司强・伊凡諾維奇不大容易同他們解釋：他一句俄國話也不知道。

醫官發出一個有點像e字的聲音。

市長　我也要勸您，阿莫司・費道洛維奇，多多注意公家的場所。在你們的外室裏時常有請求的人們來往的地方，衛兵們竟養了一羣家鵝，還帶着小鵝，儘在人的脚底下鑽進鑽出。蓄養家禽自然是可以嘉獎的事情，爲什麽衛兵們不能蓄養呢？但是在這種地方是不大體面的……我以前就想對您提起，但是不知爲什麽竟忘記了。

推事　我今天就吩咐把牠們趕進廚房裏去。您如果願意，請過來吃飯。

市長　此外，還有不好的地方，就是所有亂七八糟的破爛的東西就在你們的辦公地方晒掛，紙櫃上面還掛着一條打獵用的長鞭。我知道您愛打獵，但是最好把牠暫時收起來，在巡按使走過以後，再掛上去。還有您的陪審官……他自然是行家，但是他身上有一股氣味，好像他剛剛從釀酒廠裏出來似的，——這也是不好。我早想對您說這件事情，但是不記得被什麽事情又得忘了。假使果眞像他所說的那樣，他身上的氣味是生來的，那是有方法可治的：可以勸他吃些葱，或蒜，或是別的什麽東西。赫里司強・伊凡諾維奇可以用各種藥品幫他忙。

醫官發出同樣的聲音。

推事　不，這味道是趕不走的：他說在小孩的時候媬姆把他摔了一交，從此以後，他身上就發出一點燒酒的味兒。

市長　我衹是對你們說說能了。至於說到內部的情形和安德列・伊凡諾維奇信裏所說的小疵，我沒有什麽話可說。而且說起來也奇怪：沒有人身上不會有一點罪惡的。這是上帝自己安排定的，那些自由派說着反對的話，並沒有用。

推事　您對於罪惡的看法怎麽樣？罪惡和罪惡不同。我對大家公開地說，我是收賄賂的，但那是什麽樣的賄賂呢？那是一些小獵狗。這是完全另外一件事情。

市長　不管是小狗，或是別的什麽東西，總歸是賄賂能了。

推事　不，安東・安東諾維奇。譬如說，如果某人的皮大氅值五百盧布，他太太有一條圍中……

市長　您說您收獵狗作爲賄賂，那算什麽稀奇？您並不相信上帝；您從來不上教堂；然而我至少有堅定的信仰，每禮拜一定要上教堂。至於您呢？……我知道您：您如果開始談起創世的問題，連頭髮都會豎直起來的。

推事　這是自然而然得來的，由於自己的智慧而得來的。

市長　有的時候太多的智慧，比完全沒有還要壞。然而我祗是把縣法院提出來就是了；說實話，不見得有人會到那裏去窺看：這是一個可羨慕的地方，上帝自己會保護他。至於您，羅加·羅基奇，您是學校視察員，必須特別顧到教師們的情形。他們自然是有學問的人，在各種學院內受到教育，但是他們的舉動很奇怪，自然是和他們的學業不相分離的。內中有一個，就是那個臉孔肥胖的……我不記得他的姓名。他一上講台，無論如何，不扮一下鬼臉，決不肯能休，就是這樣子，（扮鬼臉）以後一隻手就伸到領結底下去撥平鬍鬚。假使他對學生做出這付鬼臉，自然還沒有什麽：也許必須怎樣做法，我不能加以斷定；但是您自己推斷一下，——假使他對一個參觀的客人做出這樣子，——也許很壞：巡按大人或是別的什麽人會認到自己頭上去的。從這上面誰知道會發生什麽情形出來。

視學　眞是的，叫我對他有什麽辦法呢？我已經對他說了許多遍。前些日子，我們的紳董長到教室裏去參觀的時候，他扮出了一個我從來沒有看見過的鬼臉。他扮這鬼臉是出於善心，但是我却挨了責備爲什麽將自由思想暗示給青年們。

市長　我還應該對您講那個歷史教員的事情。他是有學問的人，——這很顯然，而且見識很多，但是講解起來太爲熱心，竟不記得自己了。我有一次聽他講：在講阿西利亞人和巴比侖人的時候，——還沒有什麽，但是一講到阿歷山大・馬其頓，他那種神氣，叫我無從對您講起。我心想發生了火警，眞是的！他從講台上跑下來，用力把一張椅子朝地板上摔去！阿歷山大・馬其頓誠然是一個英雄，但是爲什麽摔折椅子呢？這徒然使國庫受到損失。

視學　他的性子眞是暴躁！我已經對他說過許多遍……他說：『隨您怎樣處置好了，我爲了科學是不惜性命的。』

市長　是的，這是無從解釋出來的運命的法則：凡是聰明的人，——不是醉鬼，便要扮鬼臉，眞沒有法子辦。

視學　在教育界裏做事眞是最倒楣！什麽人都要來干涉，每人都要表示他也是聰明的人。

市長　這還沒有什麽，——最可惡的是隱名暗訪忽然跑了來，說道：「啊你們都在這裏！誰是那個推事？」——「略布金－賈布金。」——「把略布金－賈布金叫來。誰是慈善機關管理員？」——「宰姆略尼卡！」——「把宰姆略尼卡叫來！」——這纔壞呢。

第二場

上場人物與郵政局長。

郵局長　諸位，你們在那裏講有一個官員快將來到的事情，是不是？

市長　您還沒有聽到麽？

郵局長　從彼得・伊凡諾維奇・鮑勃欽司基那裏聽來的。他剛剛到我的郵政局裏去過。

市長　怎麽樣？您的看法怎麽樣？

郵局長　我有什麽看法？——快同土耳其人打仗了。

推事　一樣的話！我自己也這樣想。

市長　是的，兩人的手指全向天上指着！

郵局長　眞是要同土耳其人打仗。這是法國人使的壞。

市長　什麼同土耳其人打仗！塡的是我們，不是土耳其人。這是已經弄淸楚的了：我那裏有一封信。

郵局長　旣是這樣，便不會同土耳其人打仗的了。

市長　您怎麼樣呢，伊凡·庫玆米奇？

郵局長　我有什麼怎麼樣？您呢，安東·安東諾維奇？

市長　我有什麼？並沒有懼怕，却總歸有點……那些商民和市民們使我感覺不安。人家說我在他們身上收括，但是上帝可以做見證的，即使我在一些人身上取一點什麼，那並沒有什麼仇恨的心思。我甚至想，（握他的手，引到一傍，）我甚至想，會不會有人告我？到底巡按使來訪查什麼事的？伊凡·庫玆米奇，爲了我們公共的利益起見，您能不能把所有經過郵政局的一收一發的信，略爲拆開來看一看：裏面有沒有什麼告發或通信報告的事情？如果沒有，就可以再封起來；但是也可以把那些信就照拆開來的樣子送出去。

郵局長　我知道，我知道，……這個您不必敎我，我會這樣做的。我這樣做，不是由於預防，却是爲了好奇：我眞願意知道世界有什麼新鮮事情。我對您說，讀這些信是極有趣的。有些信讀起來眞是快樂，——裏面寫下各色各樣的句子……而且大有敎訓的意味……比讀莫斯科新聞報還好！

市長　請問，您沒有讀到關於彼得堡來的官員的事情麽？

郵局長　沒有，關於彼得堡的官員沒有說，却說些關於郭司脫洛姆和薩拉托夫的官員的話。可惜您沒有念過這些信：裏面有極有趣的地方。新近有一位上尉寫給他朋友一封信，用游戲的筆法描寫跳舞會的情形……很好，很好！他說：『親愛的朋友，我的生命在愉快中流駛。女郎很多，音樂齊奏，軍旗照展……』他用極大極大的情感描寫着。我特地把這封信放在身邊。要不要，我讀一下？

市長　現在沒有心思管到這個上去！費您的心，伊凡・庫茲米奇，假使偶然有控狀或報告遇到，您不必加以考慮，就扣留下來。

郵局長　好的，好的。

推事　留神，將來爲了這事您會喫苦頭的。

郵局長　哎喲，要命！

市長　不要緊，不要緊。您如果把裏面的什麽事情公開出來，那是另一件事，但這是家務事情。

推事　是的，要弄出不好的事情來了！說實話，我到您府上來，安東・安東諾維奇，是想把一隻小狗送給您的。就是您知道的那隻雄狗的親姊妹。您大概聽說赤波道維奇和瓦爾震文司基打起官司來了，所以現在我闊氣得很：我可以在兩人的田地上獵兔。

市長　現在您的兔子對於我並不感到興趣。我的腦筋裏儘是那個可惡的隱名私訪的影子。儘等着，——門一開——突然地……

第三場

上場人物，道勃欽司基與鮑勃欽司基。

兩人喘息而入。

鮑　非常的事變！

道　意料不到的新聞！

衆人　什麼？什麼事？

道　預料不到的事情：我們到旅館裏去……

鮑　（插斷他的話）我同彼得・伊凡諾維奇到旅館裏去……

道　（搶說）彼得·伊凡諾維奇，讓我來講。

鮑　不，讓我來講……讓我，讓我，……您沒有那種語調……

道　您會纐錯，想不起全部的事情來的。

鮑　會記得的，眞是會記得的。您不要妨礙我，讓我來講，不要妨礙我！諸位，你們費心叫彼得·伊凡諾維奇不要妨礙我。

市長　您說罷，看了上帝的分上，究竟是什麽事情？我的心已經不在原來的地方了。請坐呀，諸位！坐在椅子上面！彼得·伊凡諾維奇，您坐在這個椅子上面。（大家圍坐在兩位彼得·伊凡諾維奇傍邊）唔，什麽事？

鮑　等我來說，等我來說。我要挨着次序說。我剛從您府上走出去，在您爲了收到一封信，心裏發生氣惱以後，——我當時就跑了出去……請您不要打插，彼得·伊凡諾維奇！我是全都知道，全都知道　。我當時就跑到郭洛勃金家中，沒有遇到郭洛勃金，就彎到拉司達闊夫司基家去，沒有遇到拉司達闊夫司基，就彎到伊凡·庫茲米奇那裏去，把您所得的新聞告訴他，從那裏出來，遇見了彼得·伊凡諾維奇……

道　打插）在賣肉餡餃子的小亭傍邊。

鮑　在賣肉餡餃子的小亭傍邊和彼得・伊凡諾維奇相遇以後我就問他安東・安東諾維奇從一封可靠的信裏接到了一椿新聞，您聽見了沒有？但是彼得・伊凡諾維奇已經從您的女管家阿夫道姬亞那裏聽到了這件事情。她不知爲什麼事情被派到斐里布・安東諾維奇・鮑柴處也夫那裏去。

道　（打插）去取盛法國燒酒的桶子。

鮑　（拉開他的手）去取盛法國燒酒的桶子。我和彼得・伊凡諾維奇到鮑柴處也夫那裏去……彼得・伊凡諾維奇，這個……請您不要打插，請你不要打插！……我們到鮑柴處也夫家裏路上彼得・伊凡諾維奇說：『我們到酒店裏去一躺……我的肚子裏有點……我從早晨起沒有吃什麼東西，肚腹裏面有點震慄……』是的，彼得・伊凡諾維奇的肚子裏有點那個……他說『酒店裏新近運到新鮮的鮭魚，我們去吃一點。』我們剛走進旅館，忽然一位青年……

道　（打插）外貌不錯，穿着特別的服裝……

鮑　外貌不錯，穿着特別的服裝，在屋內行走，臉上帶着沉慮的樣子……那面貌……那舉動，還有這裏，（手在額傍旋轉）有許多，許多玩意。我彷彿有了預感，對彼得・伊凡諾維奇說。『這人有點不尋常的樣子。』是的，彼得·伊凡諾維奇當時把手指一招，把旅館老闆叫來，——這老闆名叫佛拉司；他的妻子三個星期以前生了，產生下一個極活潑的男孩，將來和他的父親一樣會開旅館的。彼得·伊凡諾維奇把佛拉司叫來，輕輕地問他：『那個靑年人是誰？』佛拉司回答道：『這是……』您不要打插，彼得·伊凡諾維奇，請您不要打插，您不會講的，您眞是不會講的：您祇會發出做語，我知道你嘴裏的一隻牙齒是帶着嘶聲的。……他說：『這位靑年人是一個官員，是的；從彼得壓來，姓名叫做伊凡·阿歷山大洛維奇·赫萊司達闊夫。他到薩拉托夫省去。他的行爲很奇怪，住了一個禮拜以上，沒有離開旅館，一切吃，用都賒賬，一個錢也不肯付。』他剛對我說完這句話，好像上天把我開導了似的。『喂！』——我對彼得·伊凡諾維奇說……

道　不對的，彼得·伊凡諾維奇，是我說的『喂！』

鮑　起初您說，以後我也說。『喂！』我同彼得·伊凡諾維奇說。『他何以坐在這裏，既然他是應該到薩拉托夫省裏去的？』——是的。他就是那個官員。

市長　誰？那個官員？

鮑　就是你所接到的報告裏的那個官吏，——巡按使。

市長　（恐懼）您怎麽啦？這不是他

道　就是他！既不付錢，也不動身。不是他是誰？旅行劵上註明了到薩拉托夫去的字樣。

鮑　他，他，確乎是他……真細心：什麽都要觀察一下。他看見我同彼得·伊凡諾維奇吃鮭魚，——都是因爲彼得·伊凡諾維奇的肚子裏的緣故……他甚至朝我們的碟子裏張看。我驚嚇得了不得。

市長　上帝，饒恕我們罪人罷！他在那兒住？

道　就在五號，樓梯底下。

鮑　就在去年過路的軍官們打架的那間房子裏。

市長　他早就來了麽？

道　已經有兩個禮拜了。坐了埃及人瓦西利亞的車子來的。

市長　兩個禮拜了！（向傍言）阿彌陀佛！老天爺！在這兩個禮拜內，伍長的妻子挨了打！沒有發放囚糧！街上像酒館裏一樣，非常的髒！眞是恥辱！眞是倒楣！（搔頭。）

管理員　怎麽樣，安東·安東諾維奇？——整隊到旅館裏去。

推事　不，不！市長，僧侶，和商界，應該走在前面；在約翰馬孫行傳裏說……

市長　不，不，讓我自己去一下。一生中時常有許多困難的機會，走近了過去，還會取得感謝的。也許這一次上帝也會叫我們平安地過去。（向勃鮑欽司基）您說過他是青年人，是不是？

鮑　二十三，二十四歲的青年。

市長　更好：青年人更容易接近。假使是個老鬼，那纔糟糕；青年人是完全露出外面的。諸位，你們各自去把自己的部分準備一下，我獨自前去，或者同彼得·伊凡諾維奇去，當做游玩的樣子，私下去打聽過往的旅客有沒有遇到不便的地方。喂，司維司圖諾夫！

司　有什麽吩咐？

市長　立刻去找警察署長來。不行，我現在需要你。你先去叫隨便什麽人請警察署長趕緊來，以後再到這裏來。

警士迅跑下。

管理員　我們走罷，我們走罷，阿莫司·費道洛維奇！眞是會發生禍事的。

推事　您怕什麽？把乾淨的帽子往病人頭上一套，就什麽事也沒有了。

管理員　帽子算什麽？病人照例應該給麥片湯吃，但是我那裏走廊上滿是白菜的味道，眞

叫鼻子不好受

推事　對於這層我是放心的。真是的，誰會走進縣法院裏去呢？假使他想看一看案卷，他會不願意活在世上的。我有十五年坐在法院的椅子上面，但是祇要看一看那些報告書，——惟有搖手。連沙羅門本人都解決不下，那裏是實在，那裏是不實在。

第四場

市長，鮑勃欽司基，道勃欽司基與警士。

推事慈善機關管理員學校視察員及郵政局長下，在門前和回來的警士相遇。

市長　怎麼樣？馬車預備好了沒有？

警士　預備好了。

市長　你到街上去罷……不行，你等一等！你去罷，你去取來……別的人到那裏去了？難道祇有你　個人麼？我吩咐過讓博洛霍洛夫也到這裏來。博洛霍洛夫在那兒？

警士　博洛霍洛夫在自己家裏，不過不能當差。

市長　為什麼？

警士　是這樣的：早晨時候人家把他像死人似的抬了來。已經把兩桶水倒在他頭上，至今還沒有醒。

市長　（捧頭）唉，我的天，我的天！快到街上去，不，等一等，——先到屋子裏去一趟，聽見沒有？把佩劍和一隻新帽子取來。彼得·伊凡諾維奇，我們走罷！

鮑　我也去，我也去……讓我也去，安東·安東諾維奇！

市長　不，不，彼得·伊凡諾維奇，不行，不行！不合適，馬車裏也坐不下。

鮑　不要緊，不要緊，我可以步行，追在馬車後面步行。我祇要朝門縫裏，從門裏稍爲張望一下，看一看他的舉動……

市長　（接下佩劍，向警士說）你快跑去，召集保甲們，讓他們每人……這個佩劍紋路太多了！可惡的商人阿勃杜林看見市長掛懸舊劍，不肯送一把新的來。唉，眞是一系狡猾的人！我想，這些騙子們一定已經在口袋裏預備好了呈文。讓他們每人取一條街……：見鬼什麽取一條街，——取一把掃帚！把整個到旅館去的街道全掃一下，掃得乾乾淨淨……聽好了！你要留神：你！你！我知道你的：你在那裏同人家搭認親家，偷了銀匙，往長統靴裏放，——你瞧，我的耳朵是很尖的！……還有，你對商人柴爾娜也夫做了什麽事情？啊？他給你兩俄尺的呢子，做制服穿的，你竟搶去了整疋。你留神！你弄錢不照你的職

位！去能

第五場　上場人物與區警署長。

市長　司鐵彭·伊里奇！請您說一說：您往那兒去了？這像什麽？

警長　我剛纔就在大門外面。

市長　聽好了，司鐵彭·伊里奇！彼得堡的官員來到了。您佈置得怎麽樣了？

警長　照您所吩咐的佈置好了。我派了警士蒲果維城帶着保甲們掃除行人道。

市長　台爾日莫爾達在那裏？

警長　台爾日莫爾達坐了救火車出去了。

市長　博洛霍洛夫喝醉了麽？

警長　喝醉了。

市長　您怎麽可以這樣放任？

警長　誰知道他。昨天城外發生了毆打的事件，——他跑去維持秩序，回來的時候就喝醉了。

市長　您聽着，您去這樣安排：醫士蒲果維城……他的個子高，你讓他站立橋頭，爲了壯觀。皮靴舖附近的舊圍牆趕緊拆除，放上草界標，作爲改建市容的樣子。越是拆得多，越顯出市長的能幹來。哎喲，我的天！我竟忘記了，在圍牆附近堆積了四十車的垃圾。眞是壞透了的城市！祇要在什麼地方設立一個什麼紀念碑，或是圍牆——也不知從那裏來的，竟會堆上許多許多的垃圾！假使新近來到的官員問起服務的情形：滿意不滿意？——你們應該說：『很滿意，大人；』（嘆）假使有人不滿意我以後會給他一個不痛快……唉！唉！哎喲！我眞是有罪孽！我的罪孽是很深的！（想取帽子，却取了帽盒）願上帝保佑我趕快度過這難關，以後我要點上誰也沒有點過的蠟燭：讓那些混賬商人每人捐三舖特的蠟。唉，我的天，我的天！我們走罷，彼得·伊凡諾維奇！（想戴帽子，却戴了紙帽盒。）

醫士　安東·安東諾維奇，那是紙盒，不是帽子。

市長　（扔棄帽盒）帽盒就是帽盒，管它呢！假使問起：五年以前曾撥款建築慈惠院裏的教堂，爲什麼沒有造好？那末不要忘記說正在開始建築，却燒掉了。我曾遞呈聲明過的。否則，也許有人忘掉了，傻裏傻氣地說它並沒有開始建築。還要對台附日莫附達說，不許他借仲拳打人；他爲了維持秩序，對所有的人無論有錯沒有錯，都在眼睛下面按上一隻燈籠。走罷，走罷，彼得・伊凡諾維奇！（下而又回）不許那些兵士們不穿衣裳就上街：這一羣破爛的守衛隊祇在襯衫外面穿一件上身的制服，下面一點也沒有。

衆下。

第六場

安娜・安德列夫納與瑪里亞・安東諾夫納。（跑入台上。）

安　那裏去了？他們那裏去了？哎喲，我的天！……（開門）老爺！安東沙！安東！（迅快說話）全是你，全是你的錯。你忙着亂找東西：『我要別針，我要頭布。』（跑近窗前，呼喊）安東，往那兒去？往那兒去？來了麽？是巡按使麽？有鬍子的麽？什麽樣的鬍子？

市長的聲音　以後再說，以後再說！

安　以後麽？以後，眞是新聞！我不願意以後……我祇要一句話：他是上校麽？是不是？（作賤蔑態）他走了！我要讓你記住這一手！全是這個東西：『媽媽，媽媽，等一等，讓我在後面繫上包頭巾；我一會就好。』現在瞧這一會兒！現在爲了你，一點也沒有弄清楚！全是那個可惡的嬌腔：一聽見郵政局長在這裏，就在鏡子前面裝腔作勢起來：不是這一邊收動些，便是那一逡弄弄齊整。你心想他在追求你，其實他在你轉過身子去的時候，便對你扮鬼臉。

瑪　有什麼辦法，媽媽？一樣的，過了兩點鐘，我們全會知道的。

安　過兩點鐘！謝謝你！竟取得這樣的回答！你怎麼沒有想到說過一個月以後更可以知道得清楚些！（探身窗外）喂，阿夫道姬耶！啊！阿夫道姬耶，你聽見，誰來了？……沒有聽見麽？眞愚蠢！他揮手麽？讓他揮去，你終歸應該詳細盤問一下。打聽不出來麽？腦子裏面儘是些亂七八糟的玩意，未婚夫坐在裏面。啊！很快就走了麽？你應該去追馬車。快去，現在就去！聽見沒有？快去問一問到那兒去了？好生問一問：新來的那位是誰？什麼樣子？——聽見沒有？從門縫裏張望一下，全去打聽出來！眼睛是什麼樣的？是黑的不是？立刻就回來，聽見沒有？快，快，快快！（一直喊到幕垂下時爲止。幕就這樣把站立在窗傍的她們兩人遮掩住了。）

第二幕

旅館內小屋。牀鋪，桌子，皮包，空瓶，皮靴，皮刷等物。

第一場　遏西布（仰臥主人牀上。）

遏　糟糕極了！眞想吃東西，肚子裏咕咕地叫，好像整營的人在那裏吹喇叭。簡直走不到家了！有什麽辦法？從彼得堡出來，已經有兩個月了！這寶貝在路上把錢化完，現在坐在那裏，縮住尾巴，也不發火了。應該好生地趕路；不行，在每個城裏都要露一露自己的臉！（學他的口氣）『喂，遏西布，快去看一看房間，要最好的，還去叫最好的飯菜；我不能吃惡劣的菜，我要吃好菜。』如果是有出息的人物，那還可以說，但是他不過是普通的十四等的文官！同過路的旅客們交朋友，以後再賭牌；——就賭到這種地步！唉，這種生活眞夠厭煩的！自然鄉下好些：雖然不開化，但是事情少得多，娶上一個女人，就地租躺一輩子都可以，儘管吃餡兒餅就是了。如果說實在話，自然沒有人爭辯，彼得堡的生活是最好的。祇要有錢，生活是細巧而且合適的：有各種戲場，狗會對你跳舞，隨便你要什麼就有什麼。談話儘用高妙客氣的調子，和貴族不相上下，到施梵金街去——商人們會對你喊：『尊貴的人！』在渡船上和官員並坐；想交朋友，——到小舖裏去：騎士會對你講野營的事，並且宣布每顆星在天上什麼地方，好像在手掌上看見到似的。一個老軍官夫人會走進來；有時會有女僕來光顧……哈，哈，哈！（一面笑，一面搖頭。）見鬼，眞是優雅的舉止。不客氣的話語永遠不會聽到；一切的人都互相稱呼『您』。你如果討厭走路，——可以雇一輛馬車，像老爺一樣坐在那裏。不想付車錢，——也辦得到：每所房子都有走得通的大門，你祇要一溜，保管那一個魔鬼都找不到你。有一樁最壞：有的時候吃得很痛快，有的時候簡直要餓死，譬如像現在那個樣子。這全是他的錯。他這人有什麼法子可辦？父親寄了款子來，本可以用來維持一下，——但是不成……就出去亂化一陣子：坐馬車，每天買戲票，過了一個禮拜，一看，——又打發我到舊貨市場上去出賣新禮服了。有的時候眞是把最後的一件襯衫都賣光，身上祇剩下一件上褂和大氅……眞是的，這是實話！那呢料是值錢的，英國出品！一件禮服值一百五十盧布，但是在市場上祇賣二十盧布；至於褲子更不必說了，——一個錢也不值。爲什麼緣故？——就因爲他不幹正事：不上衙門，却在大街上遊玩，賭牌。假使老太爺知道了，那才糟呢！他決不管你是官員，會揭起襯衫，揍你一頓，讓你連搔四天的癢癢。既然做官，就應該好生做。現在旅館老闆說，在前欠沒有付清以前，停止開飯。但是假使付不出呢？（嘆）唉，我的老太爺，那怕有點湯喝也好！現在好像把整個世界全吃光呢。有人叩門；一定是他回來了。（從牀上匆遽躍起。）

第二場

渥西布與赫來司達闊夫。

赫　把這拿去（將帽與手杖交去）又躺在牀上了麽？

渥　我做什麽躺下？難道我沒有看見過牀舖麽？

赫　胡說，你躺過的。你瞧全都弄皺了！

渥　我要牀做什麽？難道我不知道牀是什麽？我有腿；我會站立的。我要您的牀做什麽用？

赫　（在屋內踱走）你看一看，紙袋裏沒有煙絲麽？

渥　那裏還有什麽煙絲？您大前天全抽完了。

赫　（一邊走路一邊用各種式樣合緊嘴唇；終於用洪亮堅決的聲音說話。）喂，你聽着……渥西布！

渥　有什麽吩咐？

赫　（用洪亮而不很堅決的聲音）你到那邊去。

渥　那兒去？

赫　（用並不十分堅決，也不洪亮，很近於請求的聲音。）到樓下，食堂裏……對他們說……讓他們給我開飯。

渥　不，我不願意去。

赫　你竟敢這樣，你這傻子？

渥　是這樣的；卽使去，也是一無結果的。老闆說再也不能開飯。

赫　他怎麽敢不開飯？又是胡說八道！

渥　他說要去找市長，因爲老爺有三個禮拜沒有付錢。他說，你和老爺兩人全是騙子，你的主人簡直就是光棍。我們看見過這類壞蛋的。

赫　你這畜生，竟很高興把所有這些話立刻轉告給我。

遲　他說：『這類人來到以後，住着不走欠了許多賬，以後竟沒有法子驅逐出去。』他說：「我不會開玩笑，我要一直去告狀，把你們送到警署關進監牢裏去。」

赫　傻子，夠了！你快去，你快去，對他說。眞是粗暴的野獸！

遲　我最好叫老闆自己來見您。

赫　叫老闆做什麼？你自己去說。

遲　眞是的，老爺……

赫　快去，滾你的蛋！去叫老闆來。

（遲西布下。）

第三場

赫萊司達闊夫（一人。）

赫　眞想吃東西！稍爲走了一點路，心想食慾會驅走的，——不，眞是見鬼，並沒有驅走。是的，假使我在彭扎沒有亂化，就有錢回家。步兵上尉把我騙苦了：這鬼頭要一手好牌。祇坐了一刻鐘，——就全都被他贏去了。但是眞想同他再交一下手。機會沒有。眞是壞透的小城！蔬菜舖裏一點也不肯賒賬。這眞是卑鄙極了。（起初嘴出羅比特裘的曲調，以後又冒你掛在我的頸頸上，小母親，於是不知道什麼腔調。）沒有人背來。

第四場

赫萊司達闊夫，過西布與旅館僕人。

僕　老闆打發我來問，您有什麼事。

赫　你好呀，老兄！你怎麼樣，身體好麼？

僕　靠上天的保佑還好。

赫　你們旅館裏怎麼樣生意還好麼？

僕　是的，靠上天的保佑，很好。

赫　客人多不多？

僕　是的，很夠。

赫　你聽着，親愛的，至今還沒有給我開飯，請你趕快催一催，——你瞧，我吃飯以後立刻有點小事情要做。

僕　老闆說今天不能再開飯。他想今天　市長那裏去控告。

赫　控告什麼你自己想一想，親愛的，怎麼樣控告？我必須吃東西。我會完全餓死的。我很想

僕　吃東西：我說這話並不是開玩笑。

赫　是的。他說：『前賬沒有付清以前，我不能給他開飯。』這就是他的回答。

僕　你給他講一講理，勸他一下。

赫　對他說什麼？

僕　你好生對他講一講，我必須吃東西。錢是另外一件事情……他心想他這鄉下人一天不吃不要緊，那末別人也可以一天也不吃。眞是新聞！

赫　好能，我去說。

第五場

赫萊司達闊夫（一人。）

赫　假使他完全不給飯吃，那纔糟呢。眞想吃，從來還沒有這樣想吃。拿一件衣裳出去弄點錢來，好不好？出賣袴子，好不好？不行，不如忍一點餓，却要穿着彼得堡的服裝回家去。可惜約喜姆不肯出租馬車，要不然，坐着馬車回家多好呀，就這麽坐了馬車開到鄰舍田主家裏的台階傍邊，還點着燈籠。讓渥西布穿上金鑲邊的制服，立在後面。我想，大家全要慌亂起來！『誰？什麽事？』僕人走進去，（挺直身子，扮作僕人。）『彼得堡來的伊凡

·阿爾山大洛維奇·赫萊司達關夫，吩咐接見麽？』他們這些粗坯不知道什麽叫做『吩咐接見。』有什麽田主一到，就像狗熊似的一直搖擺到客廳裏去了。還可以走到某一個好看的女兒面前，說道：『小姐，我眞是……』（搓手，又把脚往後邊一拖。）吹啲！（唾痰）居然要打嘔心，眞想吃東西。

第十六場 赫萊司達關夫，渥西布與僕人。

赫　怎麽樣？

渥　飯端來了。

赫　（拍掌在椅上微跳，）端來了！端來了！端來了！

僕　（持碟與飯巾）老闆說這是最後一次開飯。

赫　老闆，老闆……我纔管你的老闆呢！什麽菜？

僕　湯和烤菜。

赫　怎麽，祇有兩碟麽？

僕　祇有兩碟。

赫　眞是胡鬧！我不能收。你對他說：這眞是什麽東西！……這太少。

僕　老闆說，還是很多呢。

赫　爲什麽沒有露汁？

僕　沒有露汁。

赫　爲什麽沒有？我走過廚房的時候，親眼看見，有許多菜預備好了。在飯廳裏今天早晨有兩位短矮的人吃鮭魚。還有許多別的東西。

僕　也許有。也許沒有。

赫　怎麽沒有？

僕　眞是沒有。

赫　鮭魚呢？肉餅呢？

僕　這是給那些乾淨些的人們預備的。

赫　你眞是傻子！

僕　是的。

赫　你這壞猾……他們能吃，我就不能吃麽？見鬼，爲什麽我不能？他們不是和我一樣的過客麽?

僕　明明不是一樣的。

赫　那末怎麽樣的?

僕　就是普通的他們明明要付錢的。

赫　我不願意同你這傻子在一塊兒討論。（喊湯而飲）這是什麽湯?你簡直就是把水倒在碟子裏而一點味道也沒有，祇有點臭味:我不要喝這湯，換別樣湯來。

僕　我們可以收回的。老闆說不想吃，可以不必吃。

赫　（用手扶住茶碟）得啦，得啦……放下罷，傻子!你已經習慣這樣對付別人:我不是這類的人!我勸你不要和我這樣!（繼續吃）我想，世界上沒有人吃過這樣的湯:沿而飄浮的不是油，却是羽毛。（切鷄）哎喲，哎喲，這是什麽鷄!把烤菜拿來!還剩一點湯，潑西布，你去喝罷。（切烤菜）這是什麽烤菜。這不是烤菜。

僕　那末是什麽?

赫　誰知道是什麽，不過决不是烤菜。這是斧子，代替牛肉烤成的。（吃）騙子，混賬東西!他們拿什麽東西出來給人家吃。吃下這一塊東西，牙根會生病的。（手指在牙齒上挑別）　蛋！完全像樹皮一般，——怎麼也拉不出來；吃完以後牙齒會發黑的。這些騙子！

僕　（用飯巾擦嘴）別的沒有什麼了？

　　沒有。

赫　混賬東西！壞蛋！拿點露汁，或是蛋糕來也好。不要臉的東西！就是會從過客身上敲竹槓。

僕人收拾器皿，和遲西布同下。

第七場　赫來司達闊夫與遲西布。

赫　眞是好像沒有吃東西；剛剛解了一點兒餓。要是有零錢，可以打發他到市場上去買一隻法蘭西麵包來。

遲　（入）市長不知爲什麼事情跑來，在那裏問您，還打聽您。

赫　（吃驚）好極了！這小鬼老闆眞是去告狀了！假使他眞是把我拖到監獄裏去便怎樣？管它呢？假使用正直的方式，我也許……不，不，我不願意！城裏面來回來去儘是軍官們，還有許多平民，我故意做出高傲的樣子，和一個商人的女兒使眉眼……不，我不願意……他怎麼啦？他怎麼敢這樣？他難道把我看作商人或手藝人麼？（精神振作，挺直身體。）我要老實對他說：『您怎麼敢？您怎麼……』

門柄旋轉；赫來司達闊夫臉發白，身體縮了攏來。

第八場

赫來司達闊夫，市長與道勃欽司基。

市長走進來停立在那裏。兩人驚惶地互相對視，瞪出眼睛。

市長　（略爲恢復精神，手垂放在裤縫上面。）好呀！

赫　（鞠躬）我的敬意！

市長　對不住……

赫　沒有什麼……

市長　我是本城的市長，我的責任就是留神照顧，不使過往客人和一切正直的人們受任何壓迫……

赫　（起初有點口吃，但是說到後來聲音洪響了。）那有什麼法子？……我沒有錯……我會付錢的……鄉下就要寄來的……（鮑勃欽司基從門後窺望）他更不對：送來的那塊牛肉硬得像木頭一樣；那隻湯，——不知道裏面倒些什麼東西，我是應該把它扔

"……巡按使快到我們城裏來了。"

（插圖四幅 D. 卡爾道夫司基作）

市長走進來，停立在那裏，兩人驚愕地互相對視。

到窗外去的。他整天使我挨餓……茶水眞奇怪有魚的味道，沒有一點茶味。我這是爲什麽……眞是新聞

市長　（惶怯）對不住，這實在不是我的錯處。市場上的牛肉永遠是新鮮的。貲爾莫郭爾司基的商人們運來的。這些人不會喝酒，行爲很好。我不知道他從那裏取來這樣的牛肉。如果不那個，可以……請您搬到另外一個住所去。

赫　不，我不要！我知道什麽叫做搬到另外一個住所裏去，那就是到監獄裏去，但是您有什麽權利？您怎麽敢這樣？……我要……我在彼得堡做官。（振作精神）我，我，我……

市長　（向傍言）哎喲，我的老天爺，氣性眞大！他全都探聽出來，這些可惡的商人們全都講了。

赫　（壯膽）就是你帶了全部隊伍，——我也不去！我一直去見部長！（叩拳擊棹）您怎麽啦？您怎麽啦？

市長　（挺直身體，全身發抖。）請您饒恕我，不要害我！我有妻子，小孩……不要使我成爲不幸的人！

赫　不，我不高興。又來了！這於我有什麽關係？因爲您有妻子和小孩，我就應該進監獄裏去，

這眞妙透了！（鮑勃欽司基從門裏窺視，嚇得躱藏起來。）不，謝謝您，我不要。

市長　（發抖）爲了我沒有經驗，眞是的，爲了我沒有經驗。財產不夠用……請你自己想一想，官家的薪俸甚至不夠買茶葉和糖。卽使收賄賂，也就是一點點：收點吃的東西，還有一兩件衣服。至於講到那個經營商業的伍長的寡妻，說是我把她揍打了一頓，那是謠言，眞是謠言。那是我的惡徒們造出來的；這類人連我的性命都想謀害的。

赫　那有什麼？我和他們一點關係也沒有……（凝想）我不知道您爲什麼講那些惡徒和伍長的寡妻……伍長的寡妻是完全另一件事，您可是不敢揍打我，還離得遠呢……又來了！你瞧這種人！……我會付錢的，我會付錢的，但是我現在沒有錢。我所以住在這裏就因爲我一個錢也沒有。

市長　（向傍言）眞是精細的手段！他是打的什麼主意！放出這許多煙霧！隨便你怎樣猜去罷！你不知道從那一方面去着手。不妨試一試看！要怎樣就怎樣好了，不妨試一試看。（出聲）假使您果眞需要錢，或是別的什麼東西，我可以立刻效勞的。幫過路客人們的忙，原是我的責任。

赫　借給我，借給我！我立刻和旅館老闆算淸帳目。我祇要二百盧布，少些也行。

市長　（將鈔票送去）一共二百，不必再點了。

赫　（收錢）謝謝。我立刻從鄉下給您寄回來……我這是忽然……我看您是好人。現在是另一件事情了。

市長　（向傍言）謝上帝的保佑！錢收下來了。現在事情好像有門了。我塞給他四百，還不是二百。

赫　喂，遲西布！（遲西布入）叫旅館的僕人進來！（向市長與道勃欽司基）你們做什麽站着？請坐，請坐。（向道勃欽司基）請坐，請坐。

市長　不要緊，我們站一會兒。

赫　請坐罷。我現在看出您的性格十分直率而且愉快；老實說，我眞以為你們來把我……（向道勃欽司基）請坐！

市長與道勃欽司基坐下。鮑勃欽司基在門外窺望偷聽。

市長　（向傍言）必須膽大些。他願意人家把他看做尋常人。好的，我們就順着他的道兒來：假裝完全不知道他是什麽人。（出聲）我同此地的田主，彼得•伊凡諾維奇•道勃欽司基一塊兒出外辦公事，特地到旅館裏來看一看過路的旅客們招待得好不好，因爲我不像别的市長，什麽事情也不做；我除了職務以外，根據基督敎愛人的意思，願意使每個人都得到極好的招待，——現在好像給我一個獎賞，使我得到結識一位好朋友的機會。

赫　我自己也很高興。老實說，我沒有您，不知道要住在這裏多久：我完全不知道，如何付淸欠賬。

市長　（向傍言）是的，你儘管講罷？不知道如何付淸欠賬！（出聲）請問您：您到那裏去，什麽地方？

赫　我到薩拉托夫省去，自己的鄉村裏去。

市長　（向傍言作出嘲諷的臉色）到薩拉托夫省去！連臉也不紅一下！同道人應該豎尖了耳朶去對付！（出聲）您做的是極好的事。關於旅行一層，據說一方面被車馬耽誤，未免不痛快，另一方面，却可以給腦筋一點消遣。您的旅行多半是爲了自己的娛樂罷？

赫　不是的，家父要求我回家。老人家因爲我在彼得堡至今沒有升官，生氣了。他心想祗要一到那裏去，就立刻可以領到佛拉地米勳章。不，我要叫他自己到衙門裏去坐幾天看。

市長　（向傍言）請看他眞會瞎編！把老父親也扯上了！（出聲）您到那裏去時間長久麽？

赫　眞是不知道。我的父親很固執，這老東西蠢得像木頭一樣。我要對他直說：隨您怎麼處置，我沒有彼得堡是不能生活的。我爲什麼應該和鄕下人們在一塊埋沒一輩子呢？現在需要不同，我的靈魂渴求着光明。

市長　（向傍言）他的結子打得很妙！儘胡說，儘胡說，——而且什麼地方也不露破綻！看樣子是那樣尋常，身材矮矮的，好像手指爪就可以把他壓死。你等一等！你會對我說出來的。我要叫你說得多些！（出聲）您說得很對。在偏僻地方有什麼事情可做？就拿這裏來說罷：儘管夜裏不睡，爲國家努力，不惜一切，但是獎賞還不知道什麼時候來呢。（眼向房中掃射）這間屋子大概有點潮濕麼？

赫　極壞的屋子，那些臭蟲，我在那裏也看不到像狗一樣地咬人。

市長　眞是的！這樣文明的客人，乎了誰的苦？——竟受了一輩不應該在世界上生出來的無用的臭蟲的苦！這間屋子裏而且還黑得很，對不對？

赫　是的，很黑。老闆照例不肯發蠟燭。有時候想做點什麼事，讀一點書，或者在幻想到來的時候，寫點什麼，——總歸不行：太黑，太黑。

市長　請問您……不，我不配。

赫　什麼事!

市長　不，不，我不配，我不配!

赫　到底什麼事?

市長　我不敢非分的提出來……我的家裏有一間很好的房子，又光亮，又安靜，對於您很合用。……不，我自己覺得這是太大的榮譽……您不要生氣，——眞是的，我是從平凡的心靈裏提議出來的。

赫　相反地，我很喜歡。我最喜歡住在私人的家庭裏，不願意住旅館。

市長　我眞是高興!我的太太也會喜歡的!我有一種脾氣:我從小就好接待客人，尤其如果客人是文明的人。您不要以爲這話我說出來是由於諂媚;不，我沒有這個毛病，我是出於心靈的充實而說出這話來的。

赫　謝謝。我自己也不愛虛僞的人。我很喜歡您的爽快和誠懇，老實說，我別的沒有什麼要求，祇要對我表示忠實和尊敬，尊敬和忠實。

第九場

上場人物與旅館僕人，由遏西布伴入。

鮑勃欽司基在門外窺望。

僕　您叫我麽？

赫　是的；把賬單拿來。

僕　我剛纔已經送上賬單了。

赫　我不記得你的愚傻的賬單。你說：多少錢？

僕　您第一天叫了一客飯，第二天祇吃了一份鮭魚，以後全是賒賬。

赫　傻子！還要一份份算。一共多少？

市長　您不要忙：他可以等一等的。（向僕）滾出去，回頭給你送去。

赫　這樣也好。（收錢。僕人下。鮑勃欽司基在門外窺望。）

第十場

市長，赫萊司達闊夫，道勃欽司基。

市長　現在您要不要參觀參觀我們城裏的各種團體，例如慈惠院等機關。

赫　那是什麽東西？

市長　您可以看到我們這裏辦事的規矩……一切秩序……

赫　很好，很好。

鮑勃欽司基探頭進門。

市長　您如果願意的話，可以從那裏到縣立學校裏去視察裏面的秩序，教什麽功課。

赫　好的，好的。

市長　以後假使您願意參觀拘留所和監獄，——看我們這裏囚犯的待遇如何。

赫　看監獄做什麽？我們不如去看慈善團體。

市長　隨您的便。您是不是想坐自己的馬車？還是同我坐一輛車子？

赫　最好我同您坐一輛車。

市長　（向道勃欽司基）彼得·伊凡諾維奇，現在您沒有位置了。

道　不要緊，我沒有關係。

市長　（對道勃欽司基輕聲說）您快去，快跑，拼命跑去，這兩張字條：一張給慈惠院的宰姆略尼卡，另一張給我內人。（向赫萊司達闊夫）我請您允許我在您面前寫幾行字給我內人，讓她預備接待貴客。

赫　那何必？……這裏有墨水，不過紙張——却不知道……在這個賬單上好不好？

市長　我就在這上面寫。（一面寫，一面獨自言語。）我們看早飯以後的情形怎樣，再加上幾隻厚肚子的酒瓶！我們有省城裏運來的瑪台拉酒：樣子雖然不雅觀，却會把象拉到地上。我祇要打聽出他是什麼樣的人，應該怕他到什麼樣的程度。（寫完後交給道勃欽司基，道勃欽司基走出去。正在這時候門斷了，在門外偷聽的勃鮑欽司基隨着門一齊飛到台上。大家發出喊聲。鮑勃欽司基立起來。）

赫　怎麼樣？您沒有摔傷麼？

鮑　不要緊，不要緊，沒有一點妨礙，祇是鼻上長了一個小疙瘩！我到赫里司强・伊凡諾維奇那裏去一躺：他有一種藥膏，敷上就會消去的。

市長　（對鮑勃欽司基作斥責的神色，又對赫萊司達闊夫說。）這不要緊。請罷，請罷！我來對您的管家說，叫他把箱子搬過去。（向渥西布）你把行李送到我家去，市長的家裏去，——每個人都會告訴你在什麼地方。請罷！（讓赫萊司達闊夫先走，自己跟在他後面，同轉身來，又帶着責備的神氣對鮑勃欽司基說。）您呀！竟不會找另一個地方去摔交！而是竟摔得直僵僵的，不知道成什麼樣子。（下。鮑勃欽司基隨下。幕落。）

第三幕

與第一幕相同的屋子。

第一場

安娜・安德列夫納，瑪里亞・安東諾夫納（站在窗傍，如第一幕。）

安　已經等了整整的一點鐘，全是你的愚蠢的裝臉作勢弄成的：早就完全打扮好，不成！必須還要東找找西找找……完全不應該聽她的話。眞是可恨！一個人也沒有，好像故意似的！似的好像全都死了似的。

瑪　媽媽，過兩分鐘後我們一定可以全都打聽出來。阿夫道姬耶快來了。（向窗外探望，喊了出來。）媽媽，媽媽！有人來了，在街的盡頭走着。

安　在那裏走？你永遠生出一些幻想。是的，有人走來。誰在走？不大的身材……穿着燕尾服……誰呢？啊？這眞是可恨！這人究竟是誰？

瑪　道勃欽司基，媽媽！

安　什麽道勃欽司基！你永遠忽然會想像出這類念頭的……完全不是道勃欽司基。（拍手怡）喂！到這裏來！快來！

瑪　媽媽，眞的是道勃欽司基。

安　你故意想爭辯一下。對你說——不是道勃欽司基。

瑪　怎麽樣？怎麽樣，媽媽？您可以看得見就是道勃欽司基。

安　是的，是道勃欽司基，現在我看見了，——你爲什麽要爭辯呢？（向窗叫喊）快！快！您走得很慢。怎麽樣？？他們在那兒？？啊？您就從那裏講，——一樣的。什麽？很厲害的麽？？啊？丈夫呢？丈夫呢？（從窗傍稍退，露煩惱色。）這樣愚蠢：在沒有走進屋子以前，一句話也不肯講！

第二場　上場人物與道勃欽司基。

安　請問您：您好意思麽？我平常很信賴您，認您是正經人：大家忽然跑出去，您也立刻跟在他們後面！而我至今還找不到一個人，可以向他問出究竟來的。您不覺得慚愧麽？你們的溫尼慈卡和李韭卡全是我行的洗禮，而您居然這樣對待我起來！

道　親家母，我眞是忙着跑來跟您請安，跑得連氣都喘不過來。您好呀，瑪里亞・安東諾夫納！

瑪　您好，彼得・伊凡諾維奇！

安　怎麼樣？您把那邊情形講一講。

道　安東・安東諾維奇有一張字條給您。

安　他是誰？將軍麼？

道　不，不是將軍，却不比將軍差些；有學問，而且舉動也極莊嚴。

安　那末他就是人家寫給丈夫信上所提的人麼？

道　一定是的。我和彼得・伊凡諾維奇首先發見的。

安　你講呀：什麼事情？怎樣情形？

道　幸而一切還極順利。他起初對待安東・安東諾維奇有點嚴厲；很生氣，直說旅館裏怎樣不好，他不高興替他坐監獄；但是在以後知道了安東・安東諾維奇沒有錯處，和他談得接近些，立刻變了念頭，一切都好了。他們現在去參觀慈善機關……說老實話，安東・安東諾維奇心想恐怕有人告密；我自己也有點駭怕。

安　您怕什麽？您並沒有做官。

道　您知道，大官說話的時候，總會感到恐怖的。

安　那有什麽……這全是無聊的話。您說一說：他的像貌如何？歲數老呢？還是年輕？

道　年輕的，年輕的，人二十三歲左右。但是說話完全像老頭子一般。他說：『好罷，我可以到那邊去，我可以到那邊去……』（揮手）一切都很優雅。他說：『我愛寫文章，讀書；但是屋子裏有點黑，十分妨礙。』

安　他的像貌怎麽樣？黃髮呢？還是黑髮？

道　不，多半是栗色的，那雙眼睛迅快得像小野獸一樣，會叫你甚至感到驚惶失措的。

安　他在字條裏寫些什麽？（讀）『親愛的，我應該通知你的是我的情境十分可悲；但是依賴上帝的仁慈，外加醃黃瓜兩個，魚子半份，共洋一盧布二十五戈比……』（止住）我一點也不明白：怎麽會出來醃黃瓜和魚子？

道　道是安東・安東諾維奇慌忙之中在一張現成紙上寫的：上面寫着一篇賬目。

安　那就對了。（續讀）『但是依賴上帝的仁慈，結果很好。你快預備好貴客用的屋子，就是貼黃色花紙的那間；中飯不必多添菜因我們將在阿爾鐵姆・費里帕維奇的慈悲院吃早飯，但是酒須多預備一點。吩咐商人阿勃杜林送來最好的酒；否則，我會把他的地窖翻個轉身。親愛的，我吻你的小手，你的安東·司克伏慈尼克—特莫洪司基……」哎喲，我的老天爺！道應該趕快辦喂有人麼？米士卡！

道 （迅跑過去，向門外呼喊。）米士卡！米士卡！米士卡！（米士卡入。）

安 你快到商人阿勃杜林那裏去！……你等一等，我給你一張字條，（坐桌傍，一面寫紙條，一面說：）你把這紙條送給馬大西道爾，讓他趕快送到商人阿勃杜林那裏，把酒帶回來。你自己立刻去好生收拾客人住的那間屋子，放上牀鋪，臉盆架等等的東西。

道 安娜·安德列夫納，我現在要趕快跑去看他在那裏怎樣參觀。

安 去罷，去罷！我不留您。

第三場

安娜·安德列夫納與瑪里亞·安東諾夫納。

安 瑪生卡，我們現在必須自己裝飾裝飾。他是京城裏來的人，不要讓他見笑。你穿上你的湖色的，細滾的衣裳最漂亮。

瑪 媽媽，湖色的！我不喜歡湖色：略布金—賈布金太太穿湖色，宰姆略尼卡的女兒也穿湖色。我最好穿帶花的。

安　帶花的！……你說的話儘是反轉來的。你穿湖色好得多，因爲我想穿淡黃色的。

瑪　媽媽，你穿淡黃色的不配身！

安　淡黃色的我不配身麼？

瑪　不配身；無論怎麼說，不配身：眼珠完全黑的人穿這顏色纔好看。

安　好極了！我的眼珠難道不黑麼？極黑的。你儘說些無謂的話！我給自己猜牌，永遠猜到黑花的 Queen，那末怎麼不是黑眼珠呢？

瑪　媽媽！你是紅心的 Queen。

安　瞎說，完全瞎說。我從來不是紅心的 Queen（和瑪里亞·安東諾夫納迅下，在幕後說話）忽然想出這一套來！紅心的 Queen！誰知道是怎麼會事！

她們走後，門開了，米士卡把垃圾從裏面掃出來。遏西布頭上頂着皮箱，從另一門裏走出。

第四場　米士卡與遏西布。

遏　往那兒放？

米　這裏來，叔叔，這裏來！

遲　等一等，讓我先休息一下。唉，眞是倒楣的生活！空肚的時候，隨便什麽擔子都覺得很沉重。

米　叔叔，將軍快來了嗎？

遲　什麽將軍？

米　就是你的主人。

遲　主人麽？他是什麽將軍？

米　難道不是將軍麽？

遲　將軍是將軍，但祇是另一面的。

米　比眞正的將軍大呢？還是小？

遲　大。

米　原來如此！怪不得我們這裏忙亂起來了。

遲　你聽着，小夥子；我看你是一個能幹的人；你給預備一點吃的東西！

米　叔叔，給你們吃的還沒有預備好呢。你們不吃普通菜，等到你的主人坐下來吃的時候，就會分一份同樣的菜給您。

遲 你們有普通菜麼?

米 菜湯，粥糊，餡兒餅。

遲 拿這個來罷，拿菜湯，粥糊和餡兒餅來罷！不要緊，我什麼都能吃。好啦，我們來指箱子這裏有沒有另外的門?

米 有的，（兩人抬箱入傍屋。）

第五場

警士把兩扇門打了開來。赫萊司諾爾夫入，市長隨入。慈善機關管理員，學校視察員，道勃欽司基與鮑勃欽司基同上，鮑鼻上貼膏藥。市長對警士們指地上的一張紙，警士們跑去檢拾，互相推撞。

赫 你們的慈善機關是很好的。你們這裏把一切東西都給旅客們參觀，這一層我很高興。在別的城市裏什麼也不給我看。

市長 報告您，在別的城市裏，市長和官員們儘顧自己的利益，而在這裏，除去想如何整頓秩序，勤奮辦事，博取上司的注意以外，可以說沒有別的念頭。

赫　早飯很好；我吃得太飽。你們每天這樣的麽？

市長　爲貴賓特地預備的。

赫　我愛吃東西。人活在世上，就爲了摘取快樂之花。那條魚叫什麽名字？

管理員　初醃的鱉魚。

赫　味很美。我們在那裏吃的早飯？在醫院裏麽？

管理員　是的，在慈惠院裏。

赫　我記得的，我記得的，裏面放着牀舖，病人都治愈了麽？好像不很多。

管理員　剩了十個人，不多；其餘的全治好了。這已是這樣安排着的，這樣的規矩。自從我接了差使以來，——也許您甚至覺得是離奇的，——大家全像蒼蠅一樣治愈了。病人還沒有來得及走進醫院，已經痊愈了；不僅用醫藥，而且還用誠實和秩序治療的。

市長　我報告您，市長的責任眞是繁重！他身上擔負着多少事務，關於清潔，修理，改正……一句話，最聰明的人也會感到爲難的。但是感謝上帝，一切都很順利。有的市長自然單祇注意自己的利益；但是你相信不相信，我在躺下來睡覺的時候，總要想：「上帝，怎樣可以安排得使上司看見我的努力而引爲滿足呢？……」上司獎賞不獎賞，自然是他的自由，至少我的心上是安靜的。在城裏一切秩序井然，街道掃得乾淨，囚犯取得很好的待遇，醉鬼減少……我還要什麼？眞是的，眞是的，我並不希望取得任何的榮譽，自然足以引誘人，但是立在道德面前便成爲粉碎和無聊的事情。

管理員　（向傍言）這懶惰的人眞會說話！上帝賦與他這樣的才能！

赫　這是實在的。說實話，我自己有時很愛動動腦筋：有的時候來一篇散文，有的時候弄出詩來。

鮑　（向道勃欽司基）對呀，對呀，彼得·伊凡諾維奇！說出這種話來……顯然是研究科學的

赫　請問，你們這裏平常作什麼消遣？有沒有集會，可以打打牌？

市長　（向傍言）我知道你說這話有什麼用意！（出聲）好說，好說！這裏是聽不到這種集會的。我從來手裏沒有拿過牌，連怎樣打法也不知道。我一看到牌就發急，有時看到一張紅方塊的 King 或是別的什麼牌，心裏十分厭煩，簡直要吐一口痰。有一次，爲了和孩子們游戲，用紙牌搭成了一隻亭子，以後整夜夢見這幾張可惡的牌。去它的能！怎麼能把寶貴時間費在這種事情上面呢？

祝學　（向傍言）這壞蛋昨天贏了我一百盧布。

市長　我不如把這時間用到國家的利益上去。

赫　不，您這又何必呢……一切事情都隨某人看某事的方向而定。例如說，在本應增注三倍的時候，而你竟停止加注，那末自然……不，這話不能這末說的；有時候賭錢是很能引動人的。

第六場

上場人物，安娜・安德列夫納與瑪里亞・安東諾夫納。

市長　我來介紹我的家屬內人和女兒。

赫　（鞠躬）我與榮幸，夫人，我能以和你會見。

安　我們能以見到這樣的人物，更加感到愉快。

赫　（裝模作樣）夫人，完全相反：我更加感到愉快。

安　那怎麽能呢！您說的是客套的話。請坐罷。

赫　在您身傍站立一會已經是幸運了；但是既然您一定願意，我可以坐下的。我真榮幸，我能坐在您的身邊。

安　對不住，這話我是不敢當的……我以爲，您住在京城裏面出外旅行是很不痛快的。

赫　很不痛快。我們已經習慣交際場中的生活，忽然上路；骯髒的旅館，黑暗的愚昏……說實話，假使不是一個機會使我……（審視安娜·安德列夫納在她面前裝模作樣。）使我得到了獎賞……

安　您大概眞是感到不愉快呀。

赫　但是夫人，這時候我感到很愉快。

安　那怎麽能呢！您太客氣了。我不配呀。

赫　您何以不配？夫人，您是很配的。

安　我住在鄉下……

赫　是的，但是鄉村也別有風趣……自然誰能和彼得堡相比！唉，彼得堡呀！彼得堡呀！那裏是什麽樣的生活！您也許心想我祇是膽寫謄寫；不是的，司長和我的交情是很深的。他時常拍着肩膀，說道：「老弟，你來吃飯呀！」我祇到司裏去走兩分鐘，祇是去說一下：這事應該這樣做，那事應該這樣做。另外有辦公事的官員，像老鼠一樣，祇是拿起鋼筆來，察察地寫着。他們甚至想把我質搢八品文官，我心想，這又何必呢。那個看門人在樓梯上拿着刷子追我，說道『伊凡·阿歷山大洛維奇，我來給您刷鞋』（向市長）諸位，你們爲什麽站着？請坐呀！

市　長　我們職位小，應該站着。

管理員　（齊聲）我們可以站一會兒。

視　學　您不必費心！

赫　不要論職位，請坐罷。（市長與衆人坐下）我不愛客氣。相反地，我甚至努力努力不知不覺地溜走。但是怎麽也不能躲開，怎麽也不能！祇要到什麽地方去，就有人說『瞧，伊凡·阿歷山大洛維奇來了！』有一次有人甚至認我爲總司令：有幾個兵士從衛舍裏跳出來，向我舉槍行禮，以後我很熟識的一個軍官對我說：『老兄，我們把你認作總司令。』

安　眞有這事呀！

赫　我認識好些美貌的女伶們。我也時常看各種滑稽劇……認識些文學家。我同普希金交情極密。時常對他說：『怎麽樣，普希金老兄？』——『沒有什麽，老弟，』——他時常回答，——『和大家一樣，』……他眞是大怪物。

安　您還寫東西麽？做著作家眞是有趣！您大概還在雜誌上發表文章麽？

赫　是的，我還在雜誌上發表文章。我的著作很多：有斐加羅的結婚，魔鬼羅伯特，規範，連名字都不記得了。而且全是偶然的：我並不想寫，但是劇院管理部說：『請老兄寫一點什麽罷。』我心想：『好罷，就這麽辦罷。』好像就在一個晚上寫齊了，使大家非常驚訝。我的思想特別的輕鬆。所有用勃郎白烏司（一）筆名寫的東西，希望號戰艦，（二）和莫斯科電訊（三）……全是我寫的。

安　請問，您就是勃郎白烏司麽？

赫　我替他們大家改文章，司米爾金（四）給我四萬塊錢。

安　猶里亞·米洛司拉夫司基一定也是您的大著麽？

赫　是的，這是拙作。

（一）沈閼夫司基（Senkovsky）的筆名。

（二）Bestonsjev-Marlinsky 的小說。

（三）Polevoy 出版的雜誌。

（四）出版家與書商。

安　我當時就猜到了。

瑪　媽媽，書上寫着是扎郭司金先生的著作。

安　你瞧：我知道，你甚至在這地方也要爭辯。

赫　是的，這是實在的，這是扎郭司金的著作，但是另外有一本猶里亞·米洛夫司基，那本是我的。

安　這是對的，我讀過大作。眞是寫得太好了！

赫　說實話，我是靠文學生活的。我在彼得堡有一所第一等的房子。伊凡·阿歷山大洛維奇的房子是出名的。（對大家說）諸位，幾時到彼得堡去，請到舍間來玩玩。我家裏也常開跳舞會。

安　我可以想到，那邊開跳舞會是多少有趣而且華麗呀。

赫　那眞是無從提起的，譬如說，桌上放着西瓜，——那隻西瓜就值七百盧布。鍋子裏的湯一直從巴黎裝在輪船上運來的；一開蓋，——一股蒸氣是在自然界裏找不出相同的來。我每天赴跳舞會。常有幾個人結伴打維司特牌，外交總長，法國公使，英國和德國公使，還有我。打牌打倒累乏得不可開交的地步。順樓梯到四層樓上我的屋子裏去，祗要對女廚子一說：『瑪佛羅士卡，把大衣拿去……』我爲什麽說謊，——我竟忘記了我住在二層樓上。我家裏單祇樓梯都很闊氣……在我還沒有睡醒的時候，看一看我的前室裏的情形是極有趣的：一些伯爵和公爵在那裏推擠着，像野蜂一般哼哼低語，但聽到嗡……嗡……嗡的聲音……有時還有總長在那裏……（市長和其餘的人們畏葸地從椅上立起）在寫給我的信封上稱呼我：大人。有一次我甚至做過司長。出了希奇的事司長走了，——不知道往那裏去。自然議論紛紛起來；怎樣辦法？誰應該接替他的位置？將軍裏有許多人想幹這差使，幹了起來，但是並不合適。看樣子似乎還容易，但是仔細一看，——眞是要命！以後看見沒有法子可辦！——便到我這裏來。這時候街上但是信差信差信差……你們想一想單祇信差一項就有三萬五千名！這局面多大呀，我請問你們？『伊凡·阿歷山大洛維奇，請你管理司裏的事務！』說實話，我當時也有點慌亂，穿了晨衣起來；本來想謝辭，但是心想，可以見到皇上，而且履歷單上也好看……我就說：『諸位，我可以接受這職務，既是這樣，我可以接受，不過我可是不許的！我的耳朵是尖利的！我要不客氣的……』眞是的，我從司裏走過的時候，簡直就像地震一般，一切抖索，戰慄，像一張薄紙。（市長和其餘的人們嚇得抖索；赫萊司達闊夫更加與者）還我不喜歡開玩笑！我對他們大家下過警告。連國務委員會都怕我。究竟是怎麽會事？我就是這樣的人！我不管任何的人……我對大家說『我自己知道自己知道自己的。』到處都有我，到處都有我。我每天進宮。明天我就將升做元帥……（滑一下，幾乎倒地，但諸官員把他恭敬地扶着。）

市長　（走近過去，全身戰慄，勉強說出話來。）大，大，大……

赫　（用迅速急遽的聲音）什麽事？

市長　大，大，大……

赫　（用同樣聲音）一點也聽不出來，全是無聊的事。

市長　大，大大……大人，大人，大人要不要休息一下？……那邊有一間屋子，一切都預備好了。

赫　休息——太無聊了。好罷，我準備休息一下。諸位，你們那裏早飯太好……我很滿意，很滿意。（用朗誦的方式）初醃的黃魚！初醃的黃魚！（進入傍屋，市長隨入。）

第七場　上場人物（除赫來司達闊夫與市長。）

鮑　（向道勃欽司基）你瞧這人，彼得·伊凡諾維奇。這纔是一個人物！一輩子沒有看見過這樣重要的角色，嚇得幾乎死了過去彼得·伊凡諾維奇，您以爲他是什麽職位？

道　我以爲，差不多是將軍。

飽　我以爲，將軍還夠不上他的脚跟。卽使是將軍，總是上將。你總見沒有：國務委員會全怕他？我們快去對阿莫司·費道洛維奇和郭洛勃佘說。再見罷，安娜·安德列夫納！

道　再見罷，親家母！（兩人下。）

管理員　（向視學）眞是可怕；爲什麽緣故，自己也不知道。我們竟沒有穿上制服。祇要一睡醒，就往彼得堡送報告，對不對？（一面和視學憂鬱地走開，一面說：）再見罷，夫人！

第八場　安娜·安德列夫納與瑪里亞·安東諾夫納。

安　喔唷，眞是有趣的人！

瑪　可愛的人！

安　舉止如何細巧！一下子可以看出他是京城裏的角色。他的態度，和其餘的一切……眞好！我眞愛這類靑年人！我簡直要發瘋。但是他很喜歡我：我看出來的，——儘朝我身的上打量。

瑪　媽媽，他看我呢！

安　請你不要說你的無聊的話！在這上面是不適用的

瑪　媽媽，實在是的！

安　好罷！千萬不要爭辯！用不着爭辯，何必爭辯！他爲什麽看你？他何必看你？

瑪　眞是的，媽媽，他老看我。起始談文學的時候，看了我一眼，以後談起同公使們賭維司特牌的時候，又看了我一下。

安　也許祇有一次，也不過是隨便看看罷了。他自己心裏說：「啊！讓我看她一下！」

第九場　上場人物與市長

市長　（蹀步入）嘘……嘘……

安　什麽？

市長　我把他灌醉，反而不好了。他所說的話裏，假使有一半是實在的，那便怎麽辦呢？（凝想）怎麽會不實在呢？人一喝了酒，就全都發洩了出來：心裏有什麽，便在舌頭上說出什麽。他自然有點撒謊；但是不撒謊是說不成話來的。同總長們賭牌，又進宮去……實在岩的，人越想……越不知道腦筋裏想些什麼；好像站在一隻鐘樓上面；或是人家想絞死你。

安　但是我並不感到絲毫的懦怯；我祇看出他是一個有學問的，體面社會的，上等舉止的人，我並不需要他的職位。

市長　所以你們是女人！一切都完結，單祇說這一句話就夠了！你們把什麼事情都看作無關緊要！忽然無緣無故迸出一句話來。揍你們一頓也就完了，而你們的丈夫卻被人家記住了。你對待他太自由了，像對待道勃欽司基一樣。

安　對於這一層我勸你不要担心。我們知道一點辦法的……（目視女兒。）

市長　（獨自說話）同你們有什麼話可說！……眞是難題目！至今嚇得還沒有醒轉來。（開門朝門外說話。）米士卡！叫警士們進來，司維司闘諾夫和台爾日莫爾達。他們就在門外不遠。（沉默一會以後）現在世界上全是稀奇古怪的事：外貌顯赫些還可以說，然而那樣瘦瘦的細細的，——怎樣知道他是什麼人。軍人還可以看得出來，但是一穿上禮服，——就像剪去了的翅膀的蝨子一樣。剛纔在旅館裏還裝腔作勢，造出許多假話來，簡直好像一點子也弄不清楚是怎麼件事。後來到底上鈎了。而且說得比應該說的話還多些。一看就知道是青年人。

第十場　上場人物與溼西布。

大家跑過去迎接他，用手指招喚他。

安　到這裏來！

市長　噓！……什麽？什麽？睡熟了麽？

溼　還沒有。伸展着身體，躺在那裏。

安　喂，你叫什麽名字？

溼　我叫溼西布，太太。

市長　（向妻女）你們夠了，夠了！（向溼西布）怎麽樣，老朋友，吃飯吃得好麽？

溼　吃好了，謝謝；吃得很好。

安　你說有許多伯爵和公爵常到你主人那裏去麽？

溼　（向傍言）說什麽？既然現在吃得這樣好，以後還會開更好的飯出來的。（出聲）是的，伯爵們常來的。

瑪　遲西布，你的主人眞好看！

安　遲西布，請你說他怎樣……

市長　別說啦！你們儘用這類空虛的話語妨礙我。老朋友，怎麽樣？

安　你的主人是什麽職位？

遲　普通的那種職位。

市長　哎喲，我的老天爺，你們儘做這些愚蠢的盤問！不讓我談正經事情。老朋友，你的主人怎麽樣？……嚴厲麽？愛責備人麽！

遲　是的，他愛秩序。他要求一切事情都做得整整齊齊。

市長　我很喜歡你的臉。朋友，你一定是好人。怎麽樣……

安　遲西布，你的主人穿制服的時候，走起路來是什麽樣子的？……

市長　算了罷，你們這兩個碎嘴子！這裏有要緊事情：這事關涉到一個人的生命。（向遲西布）老朋友，你這人我很喜歡。在道上不妨多喝一兩杯茶水，——現在天氣很冷，——我給你兩個盧布喝茶水的錢。

遲　（收錢）謝謝，先生！願上帝給你健康！願您諸事順遂。

市長　好的，好的，我很高興。怎麼樣，老朋友……

安　喂，渥西布，你的主人最愛什麼顏色的眼睛？……

瑪　渥西布你的主人鼻子眞小！

市長　你們等一等，讓我！……（向渥西布）怎麼樣，老朋友，你說一說：你的主人最注意什麼事情？那就是說他在路上最喜歡什麼事情？

渥　他愛什麼事情，是隨時決定的。他最喜歡得到人家優好的招待，吃好東西。

市長　好東西麼？

渥　是的，好吃的東西。——我雖然是他的聽僕，但是他也留神着使我得到好處。眞是的！有時候我們到什麼地方去。他問我，『渥西布，人家給你吃得好不好？』——我說：『不好，大人！』——他說：『渥西布，這個主人不好。下次再去的時候，你提醒我一下。』我心想：『唉，隨他去罷！（揮手）我是一個普通人。』

市長　好的，好的，你說得有理。我剛纔給你一點茶錢，現在再拿點去，買麵包吃。

渥　做什麼又賞錢，大人？（藏錢）以後我要喝一杯，祝您的健康。

安　你到我這裏來，渥西布，也拿點錢去。

瑪　渥西布，你去吻你的主人一下！

從另室內傳出赫來司達闊夫的徵聲。

市長　噓！……（躡足立起全幕裏永遠低聲微語）不許吵！你們走罷！你們已經夠了……

安　我們走罷，瑪生卡！我來對你說，我看出客人身上的一些事情，這祇有我們兩人在一塊兒的時候可以講的。

市長　讓她們去講罷！祇要跑去聽一聽，——我想，耳朵也要塞聾的。（向渥西布）喂，好朋友……

第十一場　上場人物，台爾日莫爾達與司維司圖諾夫。

市長　噓！你們這些笨態——皮靴敲得這樣響！闖進來的時候，彷彿四十舖特重的東西從車上扔下來！你們躲在那裏去了？

台　就在你吩咐去的地方……

市長　噓！（閉住他的嘴）像老鴉那樣叫起來了！（學他的口音）就在您吩咐去的地方！像從木桶裏倒出來那樣的嚮叫！（向渥西布）你去罷，老朋友，你去預備預備你主人所需要的東西。無論什麼東西，你儘歸要就是了。（逞西市下）你們去站在台階上面，不許動一動！閑人不許放進來，尤其是商人們！如果你們把一個人放了進來，那末……祇要看見有人帶着呈子前來，即使不帶呈子，但是樣子像那種想告發我的人，便一直把他推出去！這樣踢！好生的踢！（用脚表演）聽見沒有？噓……噓……（躡足隨警士們下。）

第四幕

市長家中同上的屋子。

第一場

推事，慈善機關管理員，郵政局長，學校視察員，道勃欽司基與鮑勃欽司基躡足輕聲入。他們全穿着正式的制服。全場每人低聲說話。

推事　（把大家排成半環形）看上帝份上，諸位，趕緊排齊，好生守秩序！他是了不得的人：進過宮，罵過國務委員會！照軍隊的樣式排齊，一定要照軍隊的樣式！彼得·伊凡諾維奇，您跑到這邊來。彼得·伊凡諾維奇，您站在這兒。（兩位彼得·伊凡諾維奇躡足迅跑。）

管理員　就依照您的辦法做去，阿莫司·費道洛維奇。但是我們必須想出一個計策來。

推事　什麽？

管理員　大家都明白的那件事。

推事　塞錢麽？

管理員　就是塞錢也可以。

推事　那眞危險！他是大人物，會喊嚷起來的。或者用貴族方面捐款修建紀念碑的形式，好不好？

郵局長　或者作爲「郵局裏寄到的不知屬於何人的款子。」

管理員　留神他把您從郵局裏送到更遠些的地方去。你們知道：在守秩序的國家裏，這類事情不是這樣做法的。爲什麽我們一羣人都擠在這裏？我們應該單獨晉見，四眼對看……應該怎麽辦，就怎麽辦，不能讓別人的耳朵聽到！守秩序的社會裏是這樣做法的！阿莫司・斐道洛維奇，你首先去見。

推事　最好您先去：貴賓在你的機關裏吃過東西的。

管理員　羅加・羅基奇，您是教育靑年的人，您應該先去。

視學　不能，不能，諸位！說實話，我所受的教育就是如此的：祇要職位高的人同我說話，我的靈魂便會出殼，舌頭像陷在泥裏似的，拔不出來。諸位，免了我罷，眞是免了我罷！

管理員　是的，阿莫司・費道洛維奇除去您以外，沒有第二人了。您隨便說什麼，總是口若懸河。

推事　您怎麼啦？什麼口若懸河！您瞧，您眞會騙！有時談到家犬和獵狗的時候，也許會忘其所以起來……

衆人（和他絆纏）您不但會談狗，還會談天翻地覆的情景……阿莫司・費道洛維奇，您不要拋棄我們，做我們的救星罷！……阿莫司・費道洛維奇！

推事　不要胡鬧，諸位！

這時赫來司達闊夫屋內有脚步聲和咳嗽聲。大家連忙跑出門去互相推擠，努力擠出門外，不免壓擠着什麼人。傳出低微的呼喊！

鮑勃欽司基的聲音　喔唷！彼得・伊凡諾維奇，彼得・伊凡諾維奇，您踏了我的脚！

宰姆略尼卡的聲音　躲開呀，諸位，眞要命，——把我壓扁了！

放出幾聲「喔唷」「喔唷」的呼喊，終于大家擠了出去，屋子成爲空的。

第二場　赫來司達閣夫（一人，睡眼朦朧地出場。）

赫　我好像睡了一大會兒。他們從那裏弄來了這些褥子和鴨絨被服？簡直出汗了。昨天他們在吃早飯的時候，塞了什麼東西給我吃：腦子裏面至今還在那裏發響。我看這裏的時間可以很有趣的消遣過去。我喜歡人家慇懃的款待，說實話，最喜歡人家出自至誠地侍候我，而不是由於圖謀利益。市長的女兒很不壞，母親也還可以……不，我不知道我實在喜歡過這樣的生活。

第三場　赫來司達閣夫與推事。

推事　（入場後止步，自言自語。）天呀！天呀！但願順利地度過。膝蓋都彎不過來了。（挺直身體，手持佩劍，出聲說話。）本縣法院推事八等文官略布金—賈布金進見。

赫　請坐。您是此地的推事麼？

推事　從一八一六年經貴族公舉選任三年，任職到現在的時候。

赫　做推事很有出息麼？

推事　三年之間，崇上司嘉奬，頒賜四等佛拉地米勳章。（向傍言）錢放在拳頭裏面，拳頭像火燄一般的發熱。

赫　我很喜歡佛拉地米勳章。三等安娜勳章並不怎樣好。

推事　（握緊着的拳頭，稍向前面伸出。向傍言）我的老天爺！我不知道怎樣坐下去。好像屁股底下放着熱炭。

赫　你手裏是什麼？

推事　（張皇失措，鈔票落地。）沒有什麼？

赫　怎麼沒有什麼？我看見錢落到地上了。

推事　（全身戰慄）沒有，沒有！（向傍言）哎喲我眞要吃官司了！大車已經開過來抓我了！

赫　（拾錢）是的，這是錢。

推事　（向傍言）一切都完了。——完了！完了！

赫　您說好不好？您把這錢借給我能。

推事　（匆忙說）好的，好的……很樂意，很樂意。（向傍言）勇敢些！勇敢些！聖母保佑我！

赫　您知道，我在路上用空了錢：這一筆，那一筆……但是我會從鄉下立刻給你匯來的。

推事　那不必啦！這樣子已經是十分榮幸的了……自然，用我的一點微力，對於上司的忠實勤奮……努力服務……（從椅上立起。挺直身體，手垂放袴縫上面）我不敢再糯吵您。有沒有什麽命令？

赫　什麽命令？

推事　我指的是您對於本縣法院有沒有什麽命令？

赫　那是爲什麽？我現在並沒有任何需要；不，沒有什麽。多謝您。

推事　（鞠躬而退，向傍言。）好了，是我們的天下了！

赫　（他走後）推事是一個好人！

第四場

赫萊司達闊夫與郵政局長（走進來，挺直身體，身穿制服，手持佩劍。）

郵局長　郵政局長，七等文官施必金進見。

赫　請能！我很喜歡交有趣的朋友。請坐。您永遠在這裏居住麽？

郵局長　是的。

赫　我很喜歡這個城市。自然居民不很多，——那有什麽關係？這裏並不是京城。不是麽，這

裏不是京城呀

郵局長　完全實在的話。

赫　惟有京城裏總有漂亮的脚色，沒有鄉下佬。您的意思如何，對不對？

郵局長　對的。（向傍言）但是他一點也不驕傲：儘盤問一切的事情。

赫　你說實話，小城裏也可以生活得十分快樂，是不是？

郵局長　是的。

赫　據我看來，最需要什麽？祇需要有人尊敬你，誠懇地愛你，——不是麽？

郵局長　完全對的。

赫　說實話，我很喜歡您和我意見相合。人家自然要稱我爲怪人，但是我就是這樣的性格。（目視他，自言自語。）讓我來問這郵政局長借錢。（出聲）我出了一樁奇怪的事情：路上錢完全用空了，您能不能借給我三百盧布？

郵政局　爲什麽不能？這是我很大的幸福。請拿去罷，我是從良心上準備給您效勞的。

赫　謝謝。說實話，我最不愛在旅行的時候一切從簡，而且那又何必呢？不是麽？

郵局長　是的。（立起身來，挺直身體，手持佩劍。）我不敢再驚吵您。……對於郵務管理方而有沒有什麼意見？

赫　沒有，什麼也沒有。

郵政局長鞠躬退下。

赫　（吸雪茄）郵政局長我看也是很好的人。至少是肯幫忙的。我愛這類的人。

第五場

赫來司達闊夫與學校視察員。

被人家從門外推入。他身後傳出一句極響的話語：「你爲什麼這樣膽小？」

視學　（挺直身體，微帶戰慄，手持佩劍。）學校視察員，九等文官赫洛博夫進見。

赫　請罷！請坐，請坐！不要吸雪茄煙麼？（授以雪茄。）

視學　（自言自語，遲疑不決。）給你一個難題目做，這真是怎麼也料想不到的。取不取呢？

赫　拿罷，拿罷；這雪茄還好。自然和彼得堡的不同。我在那裏吸二十五盧布一百支的雪茄，抽了以後，簡直就要吻自己的手。火在這裏，您抽罷。（授以蠟燭。）

視學　（試着抽吸，全身抖索。）

赫　不是那頭！

視學　（吃了一驚，雪茄落掉，噯了一口痰，揮手一下，自言自語。）眞倒楣！可惡的膽怯害了事！

赫　我看您不喜歡抽雪茄煙。說實話，抽雪茄是我的一個癖好。還有關於女性，我怎麼也不能感到冷淡。您怎麼樣？您喜歡那一種女人，——黑髮呢？還有黃髮？

視學　（持着十分遲疑的態度，不知道怎樣說的好。）

赫　請您公開地說：黑髮的？還是黃髮的？

視學　我不知道。

赫　不，不，您不要推托！我一定想知道您的趣味。

視學　報告您……（向傍言）我連自己也不知道說什麼話。

赫　哈！哈！您不肯說。一定有一位黑髮的女人把您的嘴封上了。說實話，對不對？

視學　（沉默不言。）

赫　啊！啊！臉紅了麼？您瞧！您爲什麼不說話？

視學　我膽怯了，大……大……大人……（向傍言）討厭的舌頭把我賣了，把我賣了！

赫　膽怯了麼？在我的眼睛裏眞是有可以引起人家的膽怯的。至少我知道有一個女人能吃得住我的眼睛的，不對麽？

視學　對的。

赫　我出了一樁奇怪的事情：路上錢完全用空了。您能不能借給我三百盧布？

視學　（摸他的口袋自言自語。）假使沒有，那纔糟呢！有的，有的，（把鈔票掏出來，一面抖索，一面遞過去。）

赫　謝謝。

視學　（挺直身體，手持佩劍。）不敢再驚吵您。

赫　再見罷。

視學　（跑下，向傍言。）阿彌陀佛！大概不會到課室裏來的了！

第十六場

赫來司達闊夫與慈善機關管理員（挺直身軀，手持佩劍。）

管理員　慈善機關管理員，七等文官宰姆路尼卡進見。

赫　您好呀，請坐。

管理員　我曾伴您參觀我所管理的慈善機關。

赫　是的！我記得的。您的早飯吃得很好。

管理員　一點孝敬您的意思。

赫　說實話，這是我的弱點，——我愛吃好菜，請問您，我覺得昨天您的身材好像矮些，不對麽？

管理員　也許。（沉默）我可以說的是我不惜一切，勤奮地執行職務。（把椅子挪近些，低聲說。）本地的郵政局長什麽事情也不做，公事十分荒廢，郵包積壓許多日子……您自己可以特地去調查一下。剛纔在我以前進來的推事，也是這樣，儘出外出獵，在衙門裏養狗，他的行爲，如果說實話，——自然我這麽做，是爲了國家的利益着想，雖然他是我的親戚和朋友，——他的行爲眞是不堪之至。此地有一個地主道勃欽司基，這人您已經見過了，這道勃欽司基從家裏剛出門，他就跑到他的妻子那裏去坐着，這話我敢起誓的……您不妨看一看那幾個孩子；沒有一個像道勃欽司基，大家全像推事，連小女孩也在內。

赫　原來這樣！那我是怎麽也想不到的。

管理員　還有那個學校視察員……我不知道上司怎麽能把這種職務託付給他；他比耶

各資蕩還壞，把不穩的思想法則灌輸給青年，眞是使人難於描畫。您要不要，我可以在紙上詳敍出來？

赫　好的，寫出來也好。我會感到愉快的。我愛在煩悶時候讀一點逗趣的東西……您貴姓？我儘忘記。

管理員　辛姆略尼卡。

赫　是的，辛姆略尼卡。請問您：您有沒有孩子？

管理員　有的！有的有五個；兩個是成人。

赫　居然成人了！他們怎麼樣……他們是那個……

算理員　您是不是問他們叫什麼名字？

赫　是的，他們叫什麼名字？

管理員　尼古拉，伊凡，葉麗薩魏達，瑪里亞和潘萊彼圖耶。

赫　很好。

管理員　不敢再驚吵您，奪去您應該用在神聖責任上面的時間……（鞠躬後預備退出。）

赫　（送他）不，不要緊。您說的話很可笑。以後也請你這樣說……我很喜歡。（轉回身去，閉門向他央求。）喂！您叫什麼名字？我老忘記您的名字和父名。

管理員　阿爾鐵姆·費里帕維奇。

赫　對不住，阿爾鐵姆·費里帕維奇，我出了一樁奇怪的事情：路上錢完全用空了。您有沒有錢借給我——四百塊？

管理員　有的。

赫　眞巧。謝謝您。

第七場

赫萊司達閣夫，飽勃欽司基與道勃欽司基。

飽　本地居民彼得·伊凡諾維奇·飽勃欽司基進見。

道　田主彼得·伊凡諾維奇·道勃欽司基進見。

赫　我已經看見過您了。您好像摔了一交，是不是？您的鼻子怎麼樣？

飽　靠上帝保佑！請不必操心：乾了，現在完全乾了。

赫　乾了，很好。我很喜歡……（忽然堅決地說）你們有錢沒有？

道　錢？什麼錢？

赫　借一千盧布。

鮑　這個數目實在沒有。您有沒有，彼得·伊凡諾維奇？

道　我身邊沒有，因爲我的錢，您要知道，全放在公議局裏。

赫　是的，假使沒有一千，一百也可以。

鮑　（在袋裏搜索）彼得·伊凡諾維奇，你有沒有一百盧布？我祇有四十。

道　（看皮夾）祇有二十五。

鮑　您最好多找一找，彼得·伊凡諾維奇！我知道您的右面的口袋裏有一條裂縫，也許會落在縫裏的。

道　不，實在的，裂縫裏沒有錢。

赫　一樣的。我是隨便的。也好，就是六十五盧布也好。……這是一樣的。（收錢。）

道　我請求您一件很瑣細的事情。

赫　什麽事？

道　很瑣細的事情：我的大兒子是我在結婚以前生的……

赫　是麽？

道　那就是這麽說說罷了。其實他完全是我生的，和結婚後所生的一樣，我以後就履行了法定的婚姻的手續。現在我想把他完全成爲我的法定的兒子，和我一樣姓道勃欽司基。

赫　好的，就姓這個好了，這是可以的。

道　我本來不敢麻煩您，不過很可惜他的才能。這孩子……有很大的希望：背得出各種的詩句，祇要在什麽地方找到一把小刀，立刻會刻出小車，刻得那樣細巧，像魔術師一般，彼得·伊凡諾維奇也知道的。

鮑　是的，他有極大的才能。

赫　好的，好的！我竭力去想法，我去說話。……我希望……一切都可以辦到，是的，是的……（向鮑勃欽司基）您有沒有什麽話對我說？

鮑　有的，有一個很低卑的請求。

赫　什麽事？

鮑　在你回到彼得堡去以後，請您告訴所有那些大官們，元老院議員和海軍上將們說：某城裏住着一個人，名叫彼得·伊凡諾維奇·鮑勃欽司基。您就說：有彼得·伊凡諾維奇・鮑勃欽司基住着。

赫　很好。

鮑　如果見到皇上，就對皇上說，陛下，在某城裏住着一個人名叫彼得・伊凡諾維奇・鮑勃欽司基。

赫　很好。

道　我們到這裏來驚吵您，對不住。

勃　我們到這裏來驚吵您，對不住。

赫　不要緊，不要緊！我很愉快。（送他們出。）

第八場　赫來司達闊夫（一人。）

赫　這裏有許多官員。但是我覺得他們把我當作大人物。昨天我對他們說了許多大話。眞是愚蠢！我要把這一切事情寫給彼得堡的脫略皮慈金。他時常寫些小文章，——讓他把他們好生嘲笑一番。喂，邏西布！取紙和墨水來！（邏西布在門外窺視，應聲說：『就來了。』）祇要有人提到脫略皮慈金手裏，——就須小心他對親生父親也不會饒恕一句的，而且還愛佘錢。這些官員倒是很好的人；他們肯借給我錢，在他們的方面這倒是一種傻點。讓我特地來點一點，我有多少錢？這是推事的三百，郵政局長的三百，六百，七百，八百……這張鈔票眞油膩！八百，九百……喔唷！到了一千……現在，上尉，祇要你現在在我面前發現！我們瞧，誰輸誰贏！

第九場

赫萊司達闊夫與渥西布（持墨水與紙張。）

赫　你瞧，傻子，他們如何款待我，如何招待我？（起始寫。）

渥　是的，謝天謝地！不過您要知道，伊凡·阿歷山大洛維奇？

赫　什麽？

渥　趕緊離開這裏！眞是的，該走了。

赫　（寫）這纔無聊呢！爲什麽？

渥　得了罷！已經玩了兩天，——也就夠了。何必儘同他們打交道？不要管他們！弄得運氣不好：有別的人來到的……眞是的，伊凡·阿歷山大洛維奇！這裏的馬是很好的，——可以痛痛快快地趕一程路！……

赫　（寫）不，我還想在這裏住一下子。明天再說罷。

渥　爲什麽明天呢？眞是的，我們現在就走罷，伊凡·阿歷山大洛維奇！雖然住在這裏有很大的榮耀，但是您知道，最好是趕快離開這裏：他們一定把您認作另外一個人……而且我們這樣就誤老太爺要生氣的。我們可以有趣地趕一程路！他們會撥給我們雄壯的馬。

赫　好罷。你先把這封信送去，同時取一張旅行劵。你要叫他們預備好馬。你對馬夫們說，我每人賞他們一個盧布，假使他們能像送萬急信差似的送我，同時還要唱歌！……（續寫）我料得到，脫略皮慈金會笑死的……

渥　我打發這裏的聽差送信，自己去收拾行李，免得白費時間。

赫　（寫）好的，再去取一支蠟燭來。

渥　（下場，在幕後說話。）喂，老哥！你把一封信送到郵政局去，對郵政局長說，讓他收下，免費發出去，還叫他立刻打發一輛最好的三套馬車來，給我們老爺使用。你還說：這應該歸官費開支，我們老爺不付錢的。你叫他快點辦，否則，我們老爺就要發氣。等一等，信還沒有預備好呢。

赫　（續寫）有趣的是不知道他現在在那裏住，——在郵政街呢？還是在莞豆街？他也是愛時常搬來搬去，欠下房租不付的。我就碰運氣，寫到郵政街去。（疊紙，並書信封。）

渥西布取蠟燭上。赫萊司達闊夫封信。這時候聽見台爾日莫爾達的聲音：

台　往那裏鑽，你這大鬍子！對你說過，什麽人也不許進去。

赫　（將信交與渥西布）喏，送去罷。

商人的聲音　讓我進去罷，老爺子！你不能不讓我進去：我有公事。

台爾日莫爾達的聲音　走罷，走罷！不見客，睡覺呢。

喧聲漸增。

赫　什麽事，渥西布？你去看，吵什麽？

渥　（向窗外望）有幾個做買賣的想進來，警士不放他們。手裏揮搖着一些紙張：一定想見您。

赫　（走近窗前）你們有什麽事情？

商人的聽音　我們有事求見。請你收下我們的呈子。

赫　讓他們進來，放他們進來！讓他們來好了。渥西布，你對他們說：讓他們進來。

溼西布下。

赫　（從窗內接下呈文多件，打開一張，誦讀起來。）『商民阿勃杜林呈財政先生大人閣下……』見鬼，這樣的職銜是沒有的！

第十場

赫萊司達闊夫與商人們（持酒一籃和糖數巨塊。）

赫　你們有什麼事？

商人們　我們來給大人叩頭。

赫　你們有什麼事？

商人們　救救我們，大人！我們無緣無故受着冤屈。

赫　誰給你們冤屈受？

某商人　全是本地的市長。這樣的市長是從來沒有看見過的。我們受的氣眞是無從描寫。他徵收苛稅，弄得我們衹好上吊！他的行爲十分不端。抓住人家的鬍子，說道：『你這個韃靼人！』眞是的！假使我們有什麼不尊重他的地方還可以說，但是我們永遠照着規矩做去：凡是應該給他的夫人和小姐做點衣裳穿的費用，我們並不反對。不行，他總說得這一點太少，——眞是的，眞是的！他一上舖子，碰到什麽，就取什麽看見了一疋呢子就說：『這是很好的呢子；送到我家裏去罷。』祇好給他送去，但是一疋呢子至少有五十俄丈。

赫　眞的麽？他眞是騙子！

商人們　眞是的！這樣的市長誰也從來沒有看見過。祇要一看見他來，就得把他舖子裏的東西全都藏起來。精緻的東西不必說，就是亂七八糟的東西他也要拿：有一種黑棗已經放在桶裏七年，連我舖子裏的夥計都不要吃，他却整把的抓取。他的命名日本來是安東，在那一天已經送去不少東西，一點也沒有短少！但是不行，還要送禮，他說，渥奴佛里也是他的命名日。有什麽法子？在渥奴佛里的日子也祇好送去。

赫　這簡直是强盜。

商人們　眞是的，眞是的！如果你想抗議，就會打發整營的人到你家裏來討稅。弄得不好，還把你的門封起來。他說：『我不對你使用體罰，也不上苦刑，這是法律禁止的，但是讓你喝西風去，吃吃我的苦頭。』

赫　眞是壞蛋！做這種事可以遣送到西比利亞去的。

商人們　無論您把他怎樣打發都好，祇要離我們遠些。您不要嫌棄一點粗東西：糖和酒。

赫　你們不要想錯念頭；我不收任何賄賂。譬如說，假使你們能借給我三百盧布，——那是完全另外一件事情：借款我可以收的。

商人們　好的。（掏錢）三百太少！不如拿五百去罷。但求您能幫我們的忙。

赫　借錢我沒有話可說，我可以收。

商人們　（錢放在銀盤上遞過去）請您把小銀盤也一塊兒收下了罷。

赫　小銀盤是可以的。

商人們　（鞠躬）那末連糖也一下子收了罷。

赫　不，我不收任何賄賂……

渥　大人！您爲什麽不收？收罷！路上都有用的。把糖和酒都拿來罷！全拿來！將來都有用的。那是什麽？繩子麽？把繩子也拿來，——連繩子在路上也有用的：車子碰壞了，或是有什麽別的事情，可以用來綁一綁。

商人們　請您費心罷，大人！假使你不肯幫忙，我們不知道怎麽辦；簡直祇好上弔。

赫　一定的，一定的！我來想法子。（商人們下。）

聲見女人的聲音：不，你不能不放我進去！我會告你！你不能把人推得這樣疼！

赫　誰在那裏？（走近窗前）你有什麽事？

兩個女人的聲音　大人，求求您！聽我們說句話。

赫　（向窗外）放她們進來。

第十一場　赫萊司達闊夫，銅匠女人和伍長的妻子。

銅匠女人　（跪下）我求您……

伍長妻　求求您……

赫　你們這些女人是做什麽的？

伍長妻　伍長的妻子伊凡諾瓦。

銅匠女人　銅匠女人，本地的下市民，費佛郎耶・彼得洛瓦・博施萊布金那……

赫　等着，讓一個人先說。你有什麽事情？

銅匠女人　我來告市長！但願上帝降給他各種災難！讓他的子女，他這混蛋自己，他的叔父和嬸母們過不到一天好日子！

赫　什麼事？

銅匠女人　他吩咐把我的丈夫剃去額角上的頭髮，送去當兵，其實還不應該輪到我們。這人眞壞極了！他是已經結婚的人，照法律是不許的。

赫　他怎麼能這樣做呢？

銅匠女人　他竟這樣做了，他竟這樣做了，但願上帝降罰到他身上！假使他有嬸子，讓他的嬸子受人家的蹧蹋，假使他的父親還活着，讓他凍死或是噎死，這壞東西本來應該拙裁縫的兒子，他是醉鬼，但是他的父母送了一份厚禮，他挑上了商家的女人潘帖萊也死的兒子，潘帖萊也死也送了三疋布給他的太太，他祇好找上我了。他說：『你要丈夫做什麼用？他對於你已經沒有用了。』有用沒有用，我自己知道：這是我的事情。他說：『他做過賊；現在他雖然不偷東西，但是他總歸一樣要偷的，明年也要把他送去當後備兵。』但是我沒有丈夫，便怎麼辦呢？我是一個軟弱的人。你這混蛋！讓你的全家都見不到天日！假使有嬸母，讓你的嬸母……

赫　好的，好的。你呢？（推老太婆下。）

銅匠女人　你不要忘記呀，大人！你慈悲些吓！

伍長妻　我來告市長……

赫　什麼事？爲什麼？說得短一點。

伍長妻　他揍我，大人！

赫　怎麼？

伍長妻　爲了誤會！有幾個女人在市場上打架，巡警沒有趕到。後來就抓了我去，打了我一頓；有兩天坐不起來。

赫　現在怎麼辦呢？

伍長妻　自然沒有法子可想。但是他弄錯了人，應該叫他付出罰金。我祇好自認倒楣，現在我倒極需要錢用。

赫　好的，好的！你去罷！你去罷！我來下命令。（幾隻手持呈文從窗裏伸進來）還有什麼人在那裏？（走近窗前）不要了，不要了！不用，不用！（離開窗子）討厭死了！不要再放進來，遲西布！

遲　（向窗外喊）去罷，去罷！沒有功夫，明天來！

門開後，穿粗毛布大衣，鬍鬚沒有剃光，嘴唇腫起，臉頰上用綳布紮住的一個人形想挨進來，他身後還有幾個別人。

逞　去！去！進來做什麽？（兩手挺住那人的肚子，和他一道推出門去，把門關上。）

第十二場

赫萊司達闊夫與瑪里亞・安東諾夫納。

瑪　啊喲！

赫　您爲什麽這樣害怕，小姐？

瑪　不，我不害怕。

赫　（裝腔作勢）好極了，小姐，我很痛快，您把我當作那樣的人……請問您您打算到那裏去？

瑪　我不到那裏去。

赫　爲什麽您不到那裏去？

瑪　我心想，母親在這裏……

赫　不，我願意知道，爲什麽您不到那裏去？

瑪　我妨礙您。您在那裏辦要緊公事。

赫　（裝腔作勢）您的眼睛比要緊公事還好……您不會妨礙我，怎麽也不會的；相反地，您可以引起快樂。

瑪　您的說話帶着京城裏的氣派。

赫　對於像您這樣美麗的女郎是應該如此的。可以不可以請您坐下談談？但是您不應該坐椅上，應該坐寶座。

瑪　我眞是不知道……我要走。（坐下。）

赫　您的頭巾眞美麗！

瑪　您喜歡嘲笑人，您祇是想笑笑我們鄉下人罷了。

赫　我眞願意做您的頭巾，時常擁抱您的皙白的玉頸。

瑪　我完全不明白您說什麽話：那塊頭巾有什麽……今天的天氣眞奇怪！

赫　你的嘴唇比任何天氣都好。

瑪　你儘說這種話……我求您在手冊裏給我寫幾句詩，以作紀念。您一定知道得很多。

赫　爲您是極願盡力的。您要寫什麽詩？您要求好了。

瑪　隨便什麽，——好的，新的。

赫　詩句呀！我是知道得很多的。

瑪　您說一說，您給我寫什麼詩呢？

赫　何必說呢？我知道很多。

瑪　我很愛詩……

赫　我有各色各樣的詩。我可以給您寫這個：「你在愛底中不必怨尤上帝，人呀！……」還有別的句子……現在不記得了；但這是沒有關係。我想獻給您的是我的愛情，我一看到您就……（挪近椅子。）

瑪　愛情！我不了解愛情……我從來不知道什麼是愛情……（挪開椅子。）

赫　爲什麼您挪開椅子？我們最好坐得近些。

瑪　（挪遠些）爲什麼近些？遠些也是一樣。

赫　（挪近些）爲什麼遠些？近些也是一樣。

瑪　（挪遠些）這何必呢？

赫　（挪近些）這樣您覺得近；您可以當它是遠的。假使我能夠把您擁在懷裏，我是多末幸福呀。

瑪　（望窗外）那是什麽？好像有什麽東西飛過？是不是烏鴉？或者是另外一種鳥兒？

赫　（吻她的肩，望窗外。）是一隻烏鴉。

瑪　（憤怒地起身）不，不這太難了……眞是無禮！……

赫　（攔住她）對不住，小姐：我這樣做是出于愛情，眞是出于愛情。

瑪　您把我看作鄉下姑娘了……（竭力想走下。）

赫　（繼續攔她）出于愛情，眞是出于愛情。我祇是鬧一下玩笑：請您不要生氣，瑪里亞·安東諾夫納！我準備跪下來請求您的饒恕。（跪下）對不住，對不住！您看，我跪下了。

第十三場

上場人物與安娜·安德列夫納。

安　（看見赫萊司達闊夫跪着）唉喲，眞是笑話！

赫　（立起）見鬼！

安　（向女兒）這是什麽意思？這是什麽行爲？

瑪　媽媽，我……

安　滾開！您聽見沒有？快走快走！以後不許再來。（瑪里亞·安東諾夫納含淚下）對不住，說實話，這使我十分驚訝。

赫　（向傍白）這女人也很有滋味，很不壞。（跪下）夫人，您看，我為了愛情，渾身發燒。

安　您為什麽跪下？起來罷，起來罷！這裏地板很不乾淨。

赫　我要跪下，我一定要跪下。我要知道，我命中注定的是什麽，生命呢，還是死亡？

安　對不住，我還沒有弄明白這句話的意義。如果我沒有弄錯，您是為了我的女兒的事情和我解釋罷。

赫　不是的，我愛上您了。我的性命已到了千鈞一髮的時候。假使您不能圓滿我的永恆的愛情，我不值到再活在世上了。我滿懷着火燄，向您求婚。

安　但是您要注意：我已經有點……我已經出嫁了。

赫　這沒有什麽！愛情是沒有區別的。卡拉姆靜說：『律法不容。』我們可以退隱到清泉的濃陰下面……向您求婚，向您求婚。

第十四場

上場人物與瑪里亞·安東諾夫納（忽跑入。）

瑪　媽媽，爸爸說叫您……（看見赫萊司達闊夫跪着，呼喊出來。）哎喲，眞是笑話！

“我每天進宮，明天我就升做元師……”

“哎哟，真是笑話！”

安　你怎麽啦？什麽意思？爲什麽？那樣輕浮！忽然跑了進來，像受了驚嚇的貓。你發現什麽奇怪的地方？你心裏轉什麽念頭？眞像三歲的小孩。不像，不像，完全不像，她已經有十八歲了。我不知道你什麽時候會聰明些，什麽時候可以做出一點受教育的女郎應該做的樣子來；什麽時候你方能知道，什麽是好規矩，什麽是穩重的舉動。

瑪　（含淚）媽媽，我眞是不知道……

安　你的腦筋裏永遠有一陣穿堂風旋轉着！你學略布金—賈布金的女兒們的榜樣。你看她們做什麽！你不必看他們。你有別的榜樣可以學一學，——有你的母親在你的面前。你應該學這種榜樣。

赫　（拉女兒的手）安娜·安德列夫納，請您不要反對我們的幸福，祝福我們的永恆的愛情！

安　（驚訝）這末說，您愛她麽？……

赫　請您決定一下：生命呢，還是死亡？

安　你瞧，你這傻子，你瞧：爲了你，爲了你這爛貨，客人竟跪在地上。突然跑了進來，像瘋子一般。我眞該故意拒絕他：你是不配享受這樣的幸福的。

瑪　不啦，媽媽；我下次不啦

第十五場　上場人物與市長（急上。）

市長　大人！饒了我罷！饒了我罷！

赫　您出了什麽事？

市長　商人們剛纔來向大人告狀。我用名譽擔保，他們所說的話一大半是並無其事的。他們自己欺騙市長，秤量不足。伍長的妻子說我撈打他，那是瞎說！她是胡說八道，眞是胡說八道！她自己撈打自己。

赫　隨道伍長的妻子說去好了，我纔不管他呢！

市長　您不要去相信，不要去相信！他們全是撒謊的人……小孩子都不會相信他們的。他們的好撒謊，在這城裏是出名的。至於他們那種欺詐行爲，我敢報告：他們是世界上從來沒有見過的騙子手。

安　你知道不知道，伊凡·阿歷山大洛維奇賜給我們多大的榮耀？他對我們的女兒求婚。

市長　什麽？什麽？……你瘋了麽，母親？大人，您不要生怒；她有點傻劲，和她的母親一様。

赫　是的，我眞的求婚。我愛她。

市長　我不相信，大人！

安　人家對你說正經話。

赫　我說的不是開玩笑的話。……我愛到發瘋的地步。

市長　我不相信，我不配領受這樣的榮譽。

赫　是的，假使您不答應我和瑪里亞・安東諾夫納結婚，我會準備……

市長　我不相信：您開玩笑呢，大人！

安　眞是木頭！人家對你正正經經地講着，那便怎麽樣呢？

市長　我不相信。

赫　你答應了罷，答應了罷！我是不顧一切的人，我會做出一切的事情來：假使我舉槍自殺，會把您送到法庭上去的。

市長　哎喲，眞要命！我實在是沒有錯，在精神和肉體兩方面都沒有錯！您不要發怒！就照您的意思辦理罷！我的頭裏現在眞是……我自己也不知道是怎麽會事。現在我成爲一個從來未有的傻子。

安　那末你就祝福罷！
赫萊司達闊夫同瑪里亞·安東諾夫納走近過去。

市長　願上帝賜福給你們！然而我是沒有錯處的！（赫萊司達闊夫和瑪里亞·安東諾夫納親吻。市長看着他們）見鬼！果真是的！（擦眼）居然接吻呢！啊喲，老天爺，居然接吻呢！和未婚夫一樣。（喊叫起來，喜悅得跳躍不止）安東！安東！安東市長！事情竟到了這個地步！

第十六場　上場人物與逿西布。

逿　馬車預備好了。

赫　好的……我就走。

市長　怎麽？您要走麽？

赫　是的，我就要走。

市長　那就是說正當……您好像自己提到關於婚姻的事情，是不是？

赫　這……這祇是暫時，祇有一天，到叔父家去一趟，——他是一個有錢的老人；明天就回來。

市長　不敢留您，希望您順利地回來。

赫　自然囉，自然囉。再見罷，親愛的……不，我簡直不能加以形容！再見罷，寶貝！（吻她的手。）

市長　您路上需要點什麽東西？您好像短錢用，是不是？

赫　不，不必了。（稍爲想了一下）但是拿一點也好。

市長　要多少？

赫　那一次您給了我二百，不是二百，是四百，——你弄錯了，我不願意加以利用，——現在或者再借這個數目，凑成八百。

市長　有的有的！（從皮夾內掏出）恰巧還是最新的鈔票。

赫　啊，是的！（收下鈔票，加以審視。）這很好。人家說用新鈔票，可以得到新運道，是不是？

市長　是的。

赫　再見罷，安東·安東諾維奇！很感謝您的招待。我從整個心靈裏直說出這句話：我在那裏也沒有得到這樣好的招待。再見罷，安娜·安德列夫納！再見罷，我的愛人，瑪里亞·安東諾夫納！（同下。）

幕　後

赫聲　再見罷，我的安琪兒，瑪里亞·安東諾夫納！

市長聲　您這是怎麽啦？您一直就坐闢遞馬車麽？

赫聲　是的，我已經習慣了。我坐彈簧馬車會頭痛的。

馬夫聲　特魯，特魯……

市長聲　至少應該用什麽東西鋪一鋪，地毯也可以。要不要，我吩咐他們取一張小地毯來。

赫聲　不，不必了。這沒有什麽意思。然而拿一塊小地毯來也好。

市長聲　喂，阿夫道姬耶！到堆房裏去取一塊最好的地毯來，——湖色的邊緣，波斯造的，快些！

馬夫聲　特魯，特魯……

市長聲　什麽時候回來？

赫聲　不是明天，便是後天。

混聲　這是地毯麽？拿到這裏來，這樣放！現在在這一頭放上一點乾草。

馬夫聲　特兒，特兒……

暹聲　就放在這兒這兒再放一點好了！現在妙極了！（手拏地毯）現在坐下罷，大人！

赫　再見罷，安東・安東諾維奇！

市長聲　再見罷，大人！

婦女聲音　再見罷，伊凡・阿歷山大洛維奇！

赫　再見罷，媽媽！

馬夫聲　走罷，快飛的馬！

小鈴齊響；幕落。

第五幕

和上幕相同的屋子。

第一場　市長，安娜·安德列夫納與瑪里亞·安東諾夫納。

市長　安娜·安德列夫納，怎麽樣？你能想得到麽？這是豐厚的戰利品，你要知道，你這壞東西！你老實承認：你連夢也沒有做到——一個普通的，市長的女人忽然……你這壞東西……忽然和這樣的魔鬼結起親戚來了！

安　不；我早就知道了。你纔覺得奇怪，因爲你是普通人，從來沒有看見過正經的人。

市長　我自己就是正經的人。但是你想一想，安娜·安德列夫納，你我現在成爲怎樣的一頭鳥兒！眞見鬼，成爲一頭高飛的鳥兒！等一等，現在我要給那些專門喜歡遞呈子告密的人們一點顏色看看！喂，誰在那裏？（警士入）喂，伊凡·卡爾帕維奇！把那些商人們叫來！我要把他們這些匪徒收拾一下！讓他們去告我！眞是可惡的猶太民族等一等，你們這些寶貝我以前還對你們客氣，現在可要不客氣了。你把那些跑來告發的人們記載下來，特別是替寫呈子的書記們。你對大家說，讓他們知道上帝賜給市長極大的榮耀，他的女兒許配給不是普通的人，許配給世上沒有什麽事情都能做的人！你去對大家宣布，讓大家知道。對全城的人喊叫，撞起鐘來，旣然得意，就得意一下。（警士下）就是這樣，安娜·安德列夫納！我們現在怎麽樣？到那兒去住？這裏呢？還是彼得堡。

安　自然在彼得堡。怎麽能留在這裏呢？

市長　彼得堡就是彼得堡；其實這兒也很好。我以爲這市長可以不必再當，你以爲如何，安娜·安德列夫納？

安　自然嘍！儘當市長有什麽意思？

市長　你以爲怎樣，安娜·安德列夫納，現在可以謀到一個大職位，因爲他和所有總長們都是好朋友，並且時常進宮，因此，我的官職也會升起來，慢慢兒升到將軍的地位。你以爲怎樣，安娜·安德列夫納，可以升到將軍的地位麽？

安　當然！自然自然可以的。

市長　當將軍眞是有趣，肩頭上掛一根綬帶，那一種綬帶好安娜·安德列夫納，紅色的還是湖色的？㊀

安　自然最好是湖色的。

市長　你竟想得這個！有了紅色綬帶也好。爲什麼想做將軍？——因爲到什麼地方去，就有傳令兵和副官在前面跑着：「快預備好馬呀！」在驛站上任何人都得不到馬，大家全等着：全是八九等文官，上尉和市長，而你連鼻孔裏哼也不必哼一下。你到總督那裏吃飯，但是一個小市長一輩子到那個地方也去不成的！哈，哈，哈！（笑得喘不過氣來）這眞能引動人，這壞東西！

安　你儘喜歡說粗話。你應該記得，必須完全變更生活，以後你的朋友們不是那個愛養狗的推事，你和他同去獵兔的，或是什麼卒姆略尼卡；你的朋友們以後是舉止很優雅的伯爵們，和體面社會的人士……不過我眞担心你，你有時會說出上等社會裏從來不說的話語。

㊀紅色爲安娜勳章，湖色爲安德烈勳章。

市長　什麽？話語是不會害事的。

安　你充當市長的時候，還好；但是到了那裏，生活就完全兩樣了。

市長　是的；聽說那裏有兩種魚：鯉魚和香魚，味道鮮得吃的時候會流出涎沫來的。

安　他祇是想吃魚：我却想使我們的家成爲京城中第一流的家庭，我的屋裏香得走不進去，祇好眯上眼睛。（眯眼，並嗅聞。）啊，眞好呀！

第二場　上場人物與商人們。

市長　好呀，廝兒們！

商人們　（鞠躬）您好呀，老爺！

市長　你們都好嗎？貨色銷得怎樣？你們道些人爲什麽去告狀？你們道些騙子手，混蛋！你們告狀麽？贏了麽？心想，可以把他送進監獄裏去！你們知道不知道，有七個鬼和一個女魔落到你們的牙齒裏去，……

安　啊喲，要命極了！安東，你說的是什麽話！

市長　（作不愉快色）現在管不了說什麽話了！你們知道不知道，你們向他告狀的那個官員現在快要娶我的女兒了？怎麼樣？現在你們有什麼話可說？現在我可以收拾你們了！……你們欺騙人民……和國庫訂立承包合同，承辦破爛的呢子，騙了十萬塊錢，以後又捐出二十俄丈，還因此領到獎賞！假使人家一知道，你就……還挺出肚子，說我是商人，誰也不敢動一動。還說：「我們不比貴族們差些。」要知道貴族研究的是科學；他雖然在學校裏挨揍，但是幹的是正事他知道是有益的。你是什麼？你一開始就是騙子。老闆打你，就爲了你的不會騙人。你在小孩子的時候，還不認識字，就學會了秤貨色不夠分量；等到肚皮慢慢的大起來，口袋漸漸的滿起來，就神氣活現了。你這種人真是從來沒有看見過的！因爲你每天生十六次的火壺，因此就神氣活現了麼？我總不理你那種神氣活現的樣子！

商人們　（鞠躬）我們錯了，安東·安東諾維奇！

市長　告狀麼？你建築那座橋梁，呈文上說需用兩萬盧布的材料，其實一百盧布還用不了，那是誰幫助你瞞哄的？我幫助你的，你這山羊鬍子！你忘掉了麼？我如果把你告發，也可以遞送你到西比利亞去的。——你怎麼說呢？

某商人　錯了，安東·安東諾維奇！魔鬼把我迷住了心。我們後悔了。隨便什麼處罰都可以，祇是不要發怒！

市長　不要發怒！你現在跪在我的脚下。爲什麽？——就因爲我得了勝利；但是假使在你的方面佔了一點勢力，你會把我推到爛泥裏去，上面還堆上一塊木頭。

商人們　（深深地鞠躬）饒了命罷，安東・安東諾維奇！

市長　『饒了命罷！』現在是『饒了命罷！』但是以前怎麽樣？我與要把你們……（揮手）上帝饒恕你們！算了罷！我是不記仇的；現在你們留神點，耳朵豎得尖尖的！我的女兒嫁給一位非同小可的貴族：必須預備賀禮……明白麽？不能拿一點白魚或一塊糖晶敷衍了事的……你們走罷。

商人們下。

第三場

上場人物，推事，慈善機關管理員與拉司捷闊夫司基。

推事　（站在門前）謠言可信不可信，安東・安東諾維奇？一件特別的喜事落到你們的頭上來了麽？

管理員　這特別的喜事是應該道賀的。我聽到了以後，從心裏裏高興出來。（走到安娜・

安德列夫納面前和她拉手）安娜・安德列夫納！（和瑪里亞・安東諾夫納拉手）瑪里亞・安東諾夫納！

拉　（入）安東・安東諾維奇，給您道喜。願上帝給你們和未來的新配偶延續子孫後代，綿衍不絕！安娜・安德列夫納！（和安娜・安德列夫納拉手）瑪利亞・安東諾夫納！（和瑪里亞・安東諾夫納拉手。）

第四場

上場人物，郭洛勃金夫婦，陸陸闊夫。

郭　安東・安東諾維奇，恭喜恭喜！安娜・安德列夫納！（和安娜・安德列夫納握手）瑪利亞・安東諾夫納！（和瑪里亞・安東諾夫納握手。）

郭妻　恭喜您，安娜・安德列夫納。

陸　恭喜，安娜・安德列夫納！（走過去握手，轉向觀衆，極響舌頭，做出傍若無人的樣子。）瑪里亞・安東諾夫納！恭喜！（走過去握手，對觀衆做出相同的樣子。）

第五場

穿常禮服和燕尾服的許多客人先走到安娜·安德列夫納面前和她握手，說道：「安娜·安德列夫納！」以後走到瑪里亞·安東諾夫納面前，說「瑪里亞·安東諾夫納！」鮑勃欽司基和道勃欽司基推開衆人走過去。

鮑　恭喜！

道　安東·安東諾維奇！恭喜！

鮑　大喜，大喜！

道　安娜·安德列夫納！

鮑　安娜·安德列夫納！

道　瑪里亞·安東諾夫納！（握手）恭喜您。您可以享受極大極大的幸福，穿金衣裳，吃各種精緻的湯，很有趣的打發日子。

鮑　（打指）瑪里亞·安東諾夫納！願上帝給您各種財富，金錢，和一個小小的兒子，這樣大小！（用手作比）可以放在手掌上面！小孩子喊嚷着：哇哇哇！

第六場

又有幾個客人走去握手。學校視察員夫婦上。

視學　恭喜……

視學妻　（向前跪）恭喜您，安娜·安德列夫納！（互吻）我眞高興。人家說：『安娜·安德列夫納的女兒出嫁了。』——『哎喲，那眞好！』——我心裏想着，喜歡得對丈夫說：『你聽着，羅加，安娜·安德列夫納的福氣眞好！』我心裏想：『這是上帝賜福的！』便對他說：『我眞是高興，心裏發出一股不耐煩的心願，想趕緊當面和安娜·安德列夫納道喜……』我又想：『哎喲，安娜·安德列夫納就希望給她的女兒選擇一個好姑爺，現在却得了這樣的命運：一切如她的心願。』我覺高興得說不出話來了。我哭呀，哭呀，簡直哭不成聲。羅加·羅基奇說：『你爲什麽哭，娜司欽卡？』——我說：『羅加，我自己也不知道，眼淚像河水似的流着。』

市長　請坐，諸位！米士卡，多拿點椅子來！

客人們坐下。

第七場　上場人物，區警察署長與警士們。

警署長　恭喜您大人，多福多壽。

市長　謝謝，謝謝！請坐諸位！

客人們坐下。

推事　請問您，安東・安東諾維奇，這事是怎樣開始的？這事情是怎樣進展的？

市長　進展得很特別他親自求的婚。

安　用極恭敬，最精細的方式。說得很好。他說：『安娜・安德列夫納，我這是爲了對於您的高超的性格表示尊敬起見。』他是極美麗的，有教育的人，有極正直行爲規則的人！——『您信不信，安娜・安德列夫納，生命在我等於一個銅錢的價值。我祇是爲了尊敬您的稀有的性格起見。』

瑪　媽媽！這話是他對我說的。

安　你不要多嘴，你一點也不懂，不是自己的事情不必多管！——『安娜・安德列夫納，我眞覺得驚訝。』——他發出一些恭維的話語……等到我想說：『我們不敢高攀』的話，他忽然跪下來，用極體面的態度說：「安娜・安德列夫納！不要使我成爲不幸的人！請您答應我，否則我要以一死了結我的一生。」

瑪　媽媽，這話他實在對我說過的。

安　自然嘍……也對你講，我一點也不否認。

市長　甚至嚇唬我們，說要自殺。「我要自殺，我要自殺！」——他說。

衆賓客　竟是那樣的。

推事　這玩意兒眞成！

視學　眞是的，這眞是命運造成的。

管理員　並不是命運，老先生！命運沒有關係，這是勞績的結果。（向傍言）這豬玀永遠會有幸福鑽進他的嘴裏去的。

推事　安東・安東諾維奇，我也許可以把您想買的那隻雄狗賣給您。

市長　不，我現在顧不到雄狗了。

推事　您不想買這隻狗，可以挑另一隻。

郭妻　安娜・安德列夫納，您的幸福眞使我喜歡！那是無法形容的。

郛　請問：現在貴客在那裏，我聽說有事出門了？

市長　是的，他有頂要公事到外城去一天。

安　到他的叔父那裏去，請求祝福。

市長　請求祝福；但是明天就……（打嚏；道賀的話響成一片轟聲。）

警署長　祝您的健康，大人！

總　百年長壽，黃金滿箱！

道　長壽無疆！

推事　倒你的楣！

郛妻　鬼奪你去！

市長　多謝！也恭祝諸位一切如意。

安　我們現在打算到彼得堡去住。說實話，這裏的空氣有點那個……太鄉下氣了！……說實話，無趣得很……我的丈夫……他會得到將軍的職位的。

市長　是的，說實話，諸位，我很願意做將軍。

視學　上帝會使您如願以償的。

拉　人做不到的事，上帝可以做到的。

推事　大才大用。

管理員　有了勞績，便有榮譽。

推事　（向傍言）呆眞當了將軍，那纔有趣呢！他身上加了將軍的銜頭，就好比母牛套上了鞍子！不，離這還遠遠呢。有比你脚路大的，至今還沒有做成將軍。

管理員　（向傍言）見鬼，居然想做將軍！弄得好，也許會做成將軍的。他有一股神氣活現的樣子，魔鬼都奈何不得他。（向他）到那時候，安東·安東諾維奇，您不要忘記我們呀。

推事　假使出了什麽事情，例如說，公事上有什麽需要，請您保護保護。

郭　明年我要送小兒到京城裏去爲國家效勞，請您照顧照顧他，當作自己的兒子似的照應一下。

市長　我一定設法，幫忙。

安　安東，你永遠答應人家幫忙。第一，你會沒有時間想這件事情，而且也怎麽能，何必爲這類事情受許多麻煩。

市長　那有什麽？有時是可以的。

安　自然可以，但是不能將每個小脚色都加以保護。

郭妻　你們聽見她怎樣批評我們？

某女客　是的，她永遠是這樣的；我知道她讓她坐在桌傍，她會把脚也……

第八場

上場人物與郵政局長（喘息入場，手持已拆開的信。）

郵局長　諸位，出了奇怪的事情！我們把他當作巡按使的官員，並不是巡按使。

衆人　怎麽不是巡按使？

郵局長　完全不是巡按使，——我從信裏看了出來。

市長　您怎麽啦，您怎麽啦？什麽信？

郵局長　他自己的信，有封信送到郵政局來。我一看住址，是『郵政街。』我簡直愣住了。我心裏想：『一定在郵務方面發現了不規則的事情，所以通知上司。』我拿起，就拆開來了。

市長　您怎麽能這樣？……

郵局長　我自己也不知道：一種不自然的力量給了我一個衝動。我想叫信差用急遞的方法送去；但是好奇心戰勝了我，這種好奇心是我從來沒有感到的。我不能，我不能，我不能自持！眞吸引我，我眞是受了吸引！在一隻耳朵裏我聽到：「你不能拆開！你會倒楣的；」另一隻耳朵裏好像有一個小鬼微語：「拆開來，拆開來拆開來拆開來！」麼火漆的時候，——血筋裏冒出火餤，一拆開來，——竟凍僵住了，眞是凍僵住了手抖索起來一切都糊塗了。

市長　您怎麼胆敢拆開欽使大員的信？

郵局長　就因爲他不是欽使，也不是大員。

市長　那末你以爲他是什麼人？

郵局長　不三不四的人不知道是什麼東西！

市長　（惱怒）怎麼叫做不三不四？您怎麼敢稱他做不三不四的人，還說不知道是什麼東西？我要把您監禁起來……

郵局長　誰？您麼？

市長　是的，是我。

郵局長　您的手夠不到的！

市長　您知道不知道，他要娶我的女兒，我也快做大官，我要把您遣送到西比利亞去？

郵局長　唉，安東・安東諾維奇，西比利亞去算什麼？到西比利亞去還遠得很呢。不如讓我來念一下子。諸位！可以不可以唸一下子？

衆人　念罷，念罷！

郵局長　（讀）『脫略皮慈金，我要告訴你，我遇到一件奇事。在路上那個步兵上尉把我輸得精光，我沒有錢，旅館老闆想送我到獄中去；忽然，爲了我的彼得堡的面貌和服裝，全城的人把我認作總督大人。我現在住在市長家裏享受愉快的生活，追求他的妻子和女兒；還沒有決定，先從那一個女人下手，——也許先從母親下手，因爲她現在大概是樂於從命的。你應該記得，你我兩人如何貧困度日，吃人家白飯，有一次那個糖菓店的老闆因爲白吃了幾個餡餅，竟抓住我的領子。現在是完全另一種境況了。大家全借給我錢，要多少有多少。他們眞是很怪的東西：你會笑死的。我知道你現在寫寫文章，可以把他們寫進文字裏去。第一：那個市長蠢得像一隻灰色的閹馬……』

市長　不會有的！上面不會有這句話。

郵局長　（示以信函）您自己去念罷。

市長　（讀）『像一隻灰色的閹馬。』——不會有的！您是自己寫上去的。

郵局長　我寫上去做什麼？

管理員　念罷！

視學　念下去罷！

郵局長　（續讀）『市長像一隻灰色的閹馬……』

市長　見鬼！必須還要重複一遍！好像還不夠。

郵局長　（續讀）嗯……嗯……嗯……『灰色的閹馬。郵政局長也是好人。……』（止讀）他對我也有不客氣的表示。

市長　念出來罷！

郵局長　又何必？……

市長　見鬼，既然念，就應該念下去。全都念出來罷！

管理員　讓我來念。（戴眼鏡而讀）『郵政局長活像司裏的聽差米海也夫，大概也是壞蛋，愛喝燒酒。』

郵政局長　（對觀衆）這壞透了的小孩，應該加以鞭撻：沒有別的話可說！

管理員　（續讀）『慈善機關管理員是……是……』（作口吃狀。）

郭　您爲什麼止住了？

管理員　筆跡不清楚……但是顯然他是一個惡徒。

郭　給我看！我覺得我的眼睛好些。（取信。）

管理員　（不肯給信）不，這一段可以放過去，下面就清楚了。

郭　給我，我知道的。

管理員　念——我自己會念：下面全是淸淸楚楚的。

郵局長　不行，全都念下去！前面全都念過了。

衆人　把信拿出來罷，阿爾鉄姆·費里帕維奇，把信拿出來罷！（對郭洛勃金）您念罷。

管理員　就來，就來。（授以信）在這裏……（用手指掩住）從這裏念起。

大家圍住他。

郵局長　念罷，念罷！不相干，全都念下去！

郭　（讀）『慈善機關管理員宰姆略尼卡是一隻頭戴小帽的猪玀。』

管理員　（向觀衆）並不見得高明！一隻頭戴小帽的猪玀！那裏有猪玀戴小帽的！

郭　『學校視察員滿身儘是葱味。』

視學　天曉得，我嘴裏從來不吃葱的。

推事　（向傍言）阿彌陀佛，至少還沒有講到我！

郭　（讀）『推事……』

推事　也來了！……（出聲）諸位，我以為這封信太長，管它呢：念這勞什子做什麽？

視學　不行！

郵局長　不行，念下去！

管理員　不行，快念下去！

郭　（續讀）『推事略布金——買布金是最厲害的 Mauvais ton』❶（止住）大概是法國話。

推事　誰知道這是什麽意思！假使是騙了的意思，那還好，也許比這更壞。

郭　（續讀）『然而他們全是好客而且好心腸的人。再見罷，親愛的脫略皮慈金。我自己也要倣倣你的辦法，從事文學工作。這樣生活下去，實在十分沉悶，頗想把自己的心靈抒發一下。我覺得現在必須從事高尙的工作。通訊處為薩拉托夫省，博特卡其洛夫卡

❶ 下流的人。

村。（將信翻轉來，讀信上地址。）聖彼得堡，郵政街九十七號，裏院，三層樓，右首，伊凡·死西里也維奇·脫略皮慈金先生收。」

某夫人　眞是無趣的，出乎意料以外的事情！

市長　這眞是坑死人！被弄死了，完全被弄死了！我看出一些豬臉，並不是人臉，別的沒有什麽……把他追回來，把他追回來！（揮手。）

郵局長　那裏還追得回來！我特地吩咐驛站長套一輛最好的三駕馬車；鬼早已預先安排好了。

郭妻　這眞是沒有前例的亂子！

推事　眞倒楣！他從我那裏借去了三百盧布。

管理員　也從我那裏借了三百。

郵局長　（嘆）喔唷！我那裏也是三百盧布。

鮑　借了我同彼得·伊凡諾維奇六十五盧布。

推事　（惶惑地攤手）這是怎麽會事？我們怎麽竟都變成了傻瓜？

市長　（叩擊自己的額角）我怎麽會這樣的？我成爲一個老傻子了。我變得老糊塗了！

……做了三十年的官；沒有一個商人和包工人會欺騙我，我自己還會哄騙壞人裏的壞人，把那些準備一手瞞過天下的騙子手由韁繩繫住。我曾騙過三位總督！……總督有什麼！（揮手）總督是用不着說的……

安　但這是不會有的。他已經和瑪里亞訂了婚……

市長　（生怒）訂了婚！什麼叫做訂婚！那是氣死人的訂婚……（在怒）你們瞧呀，你們瞧呀，全世界的人們，基督教徒全體，你們大家瞧市長受了人家的愚弄！眞是傻子！眞是老混蛋！（用拳頭威嚇自己）你這厚鼻把這小把戲，爛布條子認作重要的人物！現在他在大道上奔跑，小鈴兒不住地叩響！把這故事朝全世界散佈出去。不但成爲笑談，且會找到一個弄破筆桿，亂塗紙張的人把你放進喜劇裏去。這眞是可氣！不管什麼職位，大家全要露牙大笑，拍掌歡呼。你們笑什麼？笑你們自己！……你們這些人呀！……（恨得舉腿叩擊地板）我恨死這些愛亂塗紙張的人們，那些弄破筆桿的人們，可恨的自由思想者！魔鬼的種子！應該把你們大家全繫上繩子，磨成碎粉，給魔鬼填鞋底！放進仙的帽子裏去！……（伸拳跺脚。）

沉默了一會以後。

至今我不能恢復過來，真是的上帝如果想懲罰人，必先奪去他的理智，浮浪的少年身上有那一點像巡按使的？一點也沒有！一隻小指頭也不像，——忽然大家說：巡按使，巡按使！誰先說他是巡按使？巡按使回答呀！

管理員　（搖手）怎麽會弄成這樣子，我真是無從解釋。好像一片濃霧遮了過來，魔鬼把一切都弄糟了。

推事　誰說出來的？就是這兩個青年人說出來的！（手指道鈫勃司基與鮑勃鈫司基。）

鮑　不是我，我連想也沒有想……

道　我沒有關係，完全沒有關係……

管理員　自然是你們。

視學　還不是麽，像瘋人似的，從旅館裏跑來：『來了，來了，錢都不付……』發現了要緊的角色！

市長　自然是你們，你們是造謠生事的人，萬惡的說謊的人！

管理員　你們造這種謠言，真是該死。

市長　你們祇會在城裏跑來跑去，擾亂大家的安寧，你們盡散佈謠言，你們這些短尾巴的烏鴉！

推事　萬惡的懶鬼！

視學　腦筋簡單的愚人！

管理員　短肚子的蘑菇！

大家圍住他們兩人。

鮑　眞是的，這不是我，這是彼得·伊凡諾維奇。

道　不，彼得·伊凡諾維奇？您是先那個的……

鮑　不對；您是先那個的。

最後一場

上場人物與憲兵。

憲兵　奉聖旨從彼得堡前來的官員請你們立刻前去。他住在旅館裏面。

這幾句話像雷響似的使大家震撼驚訝的聲音從女人的嘴裏齊聲飛散出來；全班的人忽然變換了位置，像凍僵似的留在那裏。

啞場

市長站在中央，像柱子一般，手伸在前面，頭向後仰。妻和女在他的右手，整個身子作奔到他身前去的姿勢。後面是郵政局長，變成一個疑問的符號，身朝觀衆。他後面是雞加·雞基奇，（卽說學）用極天眞無邪的樣子，發出慌張的神色。再過去，在舞台邊上有三個女人，女客們，互相倚踈，一直朝着市長的家庭，作出十分嘲諷的臉色。市長的左首是罕姆略尼卡，頭俯得略爲斜些，彷彿在那裏傾聽他的說話；後面是推事，手展開着，差不多蹲坐到地上，口脣做出姿勢，好像想呼嘯一聲，或者說，「老祖母有趣的日子來哩！」郭洛勃金在後面朝觀衆眯眼，對市長作惡毒的暗示；道勃欽司基和鮑勃欽司基立在他傍邊，最後的地方，手勢作互相奔趨狀，嘴大張着，眼睛互相瞪視。其餘的客人們也像木柱一般站在那裏。差不多有一分半鐘，僵立的全班藝員保持着這樣的位置。落幕。

附錄

巡按使第一次公演後作者致某文學家的書信的斷片。

……巡按使業已演出，——而我的心靈裏十分的模糊，十分的奇怪……我期待，我預先知道，事情將怎樣得到結果，於是有一種淒涼的，煩惱而且痛苦的情感包圍着我。我自己的創作使我自己覺得討厭而且奇怪，好像完全不是我的。主角演糟了；我本來料到的。杜爾一點也沒有明白赫萊司達闊夫是什麽樣的人，赫萊司達闊夫變成了類乎阿里那司卡洛夫的樣子，列在小喜劇(Vaudeville)的淘氣角色的行列之中，從巴黎的舞台上光降到我們那裏來的。他變成了一個普通的撒謊的人，——慘白的臉龐，兩世紀來穿着同樣的服裝。難道不能從角色的本身上面看到赫萊司達闊夫是什麽人麽？或者有一種盲目的驕傲事先佔據在我的身上，而我的把握這性格的力量竟軟弱得連一點影子，連一點暗示都沒有給藝員遺留下麽？但是這性格對於我是極明顯的。赫萊司達闊夫並不欺騙；他不是職業性的撒謊的人;他自己忘記他的撒謊,幾乎自己相信他所說的話他自己發展出來,他很高與他看見一切都好,人家都聽他的話,就從這一點上他說話也平匀些,隨便些,從心靈裏說出來,完全公開地說,一面說謊話,一面表示他的原來的本性。總而言之,我們的伶人們完全不懂得撒謊。他們心想撒謊等於散佈空虛的話語。撒謊那就是把虛謊的話用近於眞實的口氣說出來,說得十分自然,十分天眞,像說眞話一般;就在這上面包含撒謊的全部滑稽性。我幾乎深信赫萊司達闊夫會演出得好些,假使我把這角色交給一個最沒有才能的伶人去扮演,僅祇對他說赫萊司達闊夫是一個伶俐的人,十足的 Comme il faut, 聰明而甚至也許有德性,而他惟有這樣把他想像出來纔對。赫萊司達闊夫的撒謊並不是冷靜的,或是戲劇性地誇張的。他的撒謊帶着情感;他的眼睛裏表現出他由此得到的愉快。這是他一生中最好的,最有詩性的時間,——幾乎和一種感興相近。就是這一點能表現出來也好!沒有給予可憐的赫萊司達闊夫以任何的性格,也就是面目,也就是顯着的外貌,也就是外表。自然,把穿破舊制服,磨穿衣領的老官吏加以漫畫化是特別容易;但是抓住十分優美尖角不出尋常交際社會範圍以外的點線是有力的藝術家的事情。在赫萊司達闊夫身上不應該有一點描寫得淺俗的地方。他屬於顯然和別的青年人不同的環境。他有時甚至頗能自持,有時甚至說話極帶分量，祇在需要鎭定或性格的時候纔部分地流露出一種低卑的，惡劣的本性來。一個小市長的角色的輪廓多半是呆板而且明顯的。固有的，不變的，冷酷的外貌已把他銳利地刻劃出來，部分地確定了他的性格。赫萊司達闊夫的角色的輪廓則十分靈動，較爲精細，因此也難於捕捉。如加以分析，赫萊司達闊夫究竟是什麽樣的人？一個青年人，官員，所謂空虛的，但包含許多屬於並不能稱做空虛的人們的性格。在尙未喪失良好的特質的人們裏面表露這性格，是作家之罪，因爲他這樣子便是把他們提出來博人們的訕笑。最好使每人在這角色裏找出自己的一部分，同時無所畏懼地向四周環望，不令人家指摘他，道出他的眞相來。一句話，這種人物應該成爲一個典型，內有許多成分散佈在不同的俄羅斯人的性格裏面，但偶然聯合在一個人的身上，宇宙間實際原會遇到這類事的。每人在一分鐘或數分鐘內曾做過或將做成赫萊司達闊夫，自然祇是不願自行加以承認；他甚至愛嘲笑這種事實，但自然祇是在別人身上的，而不在自己身上的。靈巧的衛營的軍官有時會成爲赫萊司達闊夫，政府要人有時也會成爲赫萊司達闊夫，我們文壇中人也不免成爲赫萊司達闊夫。一句話，恐怕找不出一個人一生中沒有一次做過他的，——祇瞧他隨後怎樣巧妙地轉過身來，彷彿並不是他似的。

莫非在我的赫萊司達闊夫身上竟看不出這一點來麽？莫非他祇是一個黯淡的人物，我在片刻間爆發的驕傲的心情之下，心裏還想，一個大有才能的伶人將來會答謝我將各色各樣的行動聚在一個人的身上，將使他能以突然來表現出自己的才能的多方面來。然而結果是赫萊司達闊夫取得了孩子般的平凡的角色！這是如何的痛苦，而且可惱。

從劇本演出的初時，我坐在戲院內業已感到沈悶。我沒有顧及觀衆的歡欣和態度。所有在戲院裏的人們中間，我最怕一個裁判者，——這裁判者就是我自己。我在自己的內心裏聽到反對我的劇本的責備和怨懣，把其餘一切全都遮掩住了。觀衆在大體上是滿意的。一半甚至帶着同情接受這戲劇；另一半照例罵它，但是由於不屬於藝術範圍的原因。怎樣駡，容我在和您見面時談論；這裏面有許多教訓的意味，還有不少可笑的地方。我甚至記牢了一點下來；但是這暫時不談。

總而言之，那個市長使觀衆對於巡按使抱安慰的感覺。我以前就有深信，因爲以騷司尼慈基的才能，決不致於對於這角色有不能解釋明白之處。我至少很高興，使他能以廣闊地表露自己的才能，同時人們已起始發出冷淡的批評，把他放在許多普通的伶人一起，這些伶人在每天上演的小喜劇和其他逗趣的戲劇裏照樣博得哄堂的掌聲。我也對於俟人深致期望，因爲在伶人身上發現對於話語的極大的注意和才能。但是兩位朋友鮑勃欽司基和道勃欽司基却得了出乎意料以外壞的結局。雖然我也想到他們會壞的，因爲我創造這兩個小官員的時候，我在他們的肉皮裏幻想出施赤布金和略莊且夫，但是我總以爲他們的外貌和他們所處的地位會支持得住，不致於流入漫畫之列。結果恰相反：竟成了一幅漫畫。在演出以前，看見他們化裝時，這竟倒抽了一口氣。這兩個人本質上很乾潔的，肥胖的，滯着梳得平整好看的頭髮，竟裝成了曲折的，高高的，灰白的假髮，蓬亂而且高聳，還有挺出的巨大的硬胸；到了舞台上竟變成那種裝腔作勢的樣子，簡直無從加以形容。總之，戲劇的大部分的化裝很惡劣，而且流於漫畫化。我好像預告到這層，會請他們作一次化裝的排演；但是人家對我說這沒有必要，而且不合慣例，那些伶人們已經知道自己的事情。我看見我的話不被人家珍視，祇好隨他們去了。我再重複一遍眞是煩悶，眞是煩悶！我自己也不知道爲什麽煩悶侵襲到我身上來。

演出時我看見第四幕的開端很冷淡；戲劇的進行在以前似乎是整齊的，到了這裏便中斷了，或是流得慍憎些。說實話，在誦讀時，有經驗的內行的伶人會對我說，赫萊司達闊夫首先借錢，似乎不大合適，最好是讓官員們自己借給他。我一面尊重這十分精細的批評，認爲自有它合理的方面，一面並不見到爲什麽赫萊司達閣夫既成爲赫萊司達閣夫，而竟不能首先借錢的原因。但是批評已經下了：『這樣說來，』——我對自己說，——『這一幕我寫得不强。』果眞地，現在表演的時候，我明顯地看到第四幕的開端頗爲黯淡，具有一種疲乏的徵兆。回家後我立刻從事刪改。現在好像稍見有力些，至少是自然些，多近事實。但是我沒有設法把這斷片加進戲劇裏去的力量。我疲乏了；一記得這必須出去請求，向人家鞠躬，祇好隨它去，——在發行第二版或重演巡按使的時候再說罷。

關於最後一場還有一句話要說。這一場完全沒有弄好。幕在一個模糊的時間內垂落下來，戲劇似乎沒有完。但是我沒有錯。他們不肯聽我的話。我到了現在還要說，最後一場不會取得效果，除非他們明白這單祇是一幕啞場，應該成爲一班僵化了的人，到了這裏戲劇業已告終，而代以啞表情，在兩三分鐘內，幕不應該垂落下來，扮演的方法應和演所謂『活圖畫』相同。但是人家回答我，這使伶人們有所拘束，必須把整班的藝員交託給舞蹈導演，因此降低藝員的身份，等等的話。還有許多別的意思在臉容上發現，這臉容比話語還使人生氣。但是我不顧一切，堅持自己的主張，反覆地說：『不，這並不拘束，這並不降低身分，』甚至可以讓舞蹈導演組織這班子，祇要他有力感到各個人物的眞正地位，指示出來的界限之不能阻礙天才，眞好比石岸之不能阻止河流；相反地，河水一流進去，會將波浪搖動迅急些，而且豐滿些。有感覺的伶人就是在指定出來的姿勢裏邊也能表現一切。沒有人會去放脚鐐到他的臉上，分派好的祇是部位而已，他的臉可以自由地表現一切的動作。在這啞劇裏，對於他有無其數的變化的樣式。每個出場人物的驚懼彼此各不相同，同時他們的性格和懼怕與恐怖的程度也各不相同，因爲每人所做罪惡的大小。市長的驚愕出於另一種方式，他的妻和女的驚愕也出於另一種方式。推事的恐懼自有其特別的方式，視學和郵政局長等也各不相同。鮑勃欽司基和道勃欽司基用特別的方式發出驚愕的神情，在這裏也沒有變更自己，懷着凝凍在嘴唇上面的疑問互相看望。祇有一些客人們用同樣的方式僵立着，然而他們是圖中的遠景，用畫筆的一揮予以描劃，且蒙上一樣的色彩。總之，每人在表情上繼續他的角色，不管是否會將自身交給舞蹈導演，永遠可以成爲高超的藝員。但是我不夠力量再行張羅和辯論了。我在精神上和肉體上都已累乏。我可以賭咒，誰也不知道，也不聽見我的悲哀。隨他們去罷，隨他們大家去罷！我現在就想離開這裏，隨便到什麽地方去，惟有未來的旅行，輪船，海洋，和其他遼遠的天地，纔能使我新鮮活潑起來。我渴求這些，眞不知道如何的渴求。看上帝的份上，請您快來一見。我不和您作別，是不會動身的。我還要對您說許多在冷淡和不可耐的信上無力說出的話……

一八三六年五月二十五日，聖彼得堡。

婚事

出場人物

婀格費·蒂霍諾夫娜——商人女，待嫁。

亞里娜·潘鐵萊莫諾夫娜——嬸母。

費克拉·伊凡諾夫娜——媒婆。

飽闊賴新——七品文官。

商慈卡麥夫——其友。

煎雞蛋——法院執行吏。

奧奴慈金——退職步兵軍官。

茹瓦金——海軍人員。

杜娜士卡——女僕。

司達里闊夫——百貨市場的商人。

司台潘——飽闊萊新之僕。

第一幕

獨身漢的房屋。

第一場

鮑闊穎新（獨臥沙發口銜煙斗。）

鮑　閒空的時候一個人思前想後，覺得必須娶個把媳婦纔對勁。與個的活着，活着活得不嫌煩起來了。現在又過了一月。好像都準備齊全，媒婆也上門三個月了。弄得自己都有點不好意思。喂，司台潘，來呀！

第二場

鮑闊穎新與司台潘。

鮑　媒婆沒有來嗎？

司　沒有。

鮑　我縫店裏去過沒有？

司　去過。

鮑　那件燕尾服在縫嗎？

司　縫呢。

鮑　縫了很多麽？

司　很多，已經縫扭扣了。

鮑　你說甚麽？

司　我說：已經縫扭扣了。

鮑　他沒有問過老爺要縫燕尾服，有什麽用？

司　沒有問。

鮑　也許他說過：不是老爺想娶親嗎？

司　沒有說過。

鮑　你看他店裏有別的燕尾服嗎？是不是他也給別人縫？

司　他店裏掛着不少燕尾服。

飽　但是，也許那些衣服的呢子比我的壞？

司　是的，您的那件中看些。

飽　你說甚麼？

司　我說：你的那件中看些。

飽　好罷。他沒有問爲什麼老爺用這般細的呢子縫燕尾服？

司　沒有。

飽　一點沒有說過，是不是打算娶親？

司　沒有，沒有提到。

飽　但是，你說過我的官級，還在那裏當差沒有？

司　說過。

飽　他怎麽樣呢？

司　他說：要好生做。

飽　好罷。現在去罷。

（司台潘下。）

第三場　鮑闊頻新（一人）

鮑　我的意見是黑燕尾服似乎顯得正氣些。穿淺顏色的衣裳，有點乳臭氣，祇配那些書記官，九品官和一些小角色穿罷了。品位高的應該守那個……那個……把這詞兒忘了！很好的一個名詞，居然忘了。不管怎麽改來改去，七品官就等於上校，祇差制服上沒有肩章。喂，司台潘，來呀！

第四場　鮑闊頻新與司台潘

鮑　鞋油買了沒有？
司　買了。
鮑　那兒買的？是我對你說的，昇天街上那個小店嗎？
司　是的。
鮑　怎麽樣，鞋油好不好？
司　好。

鮑　你沒有拿靴子試擦一下？

司　試過的。

鮑　怎麼樣，亮不亮？

司　亮倒是很亮的。

鮑　他賣鞋油的時候，沒有問老爺要鞋油做甚麼用？

司　沒有。

鮑　也許說過。是不是老爺想娶親？

司　沒有，一點沒有說過。

鮑　好罷。現在去罷！

第五場

鮑爾頓新（一人）

鮑　靴子，好像是小事，可是縫得糟，再加上采色靴油，在上等社會裏便不會得到尊敬，總有點不對勁……要是一有了雞眼，那更壞。隨便什麼都可忍受，就是別長雞眼。喂，司台潘，來呀！

第六場　鮑闊賴新與司台潘

司　有什麽吩咐？

鮑　你對靴子匠說過，不要有鷄眼嗎？

司　說過了。

鮑　他說甚麽？

司　他說：好。

（司台潘下。）

第七場　鮑闊賴新與司台潘（後上）

鮑　嚇，娶親可算是一件麻煩事！又是這個，又是那個。這件事，那件事都要弄得舒舒貼貼的。與娶命，完全不是說得那般容易喂。司台潘，來呀！（同入）我還要對你說……

司　老太婆來嘍。

鮑　來嘍，就喊她進來罷。（司台潘下）這件事兒……這件事兒……確是一件雜事。

第八場　鮑羅頤新與費克拉

鮑　你好，你好，費克拉·伊凡諾夫娜！怎麼樣？有什麼事？端過椅子坐下，說罷。怎麼樣？倒底怎麼樣？那個，那個叫甚麼梅蘭娜，怎麼樣啦？

費　是婀格費·蒂霍諾夫娜。

鮑　不錯，不錯，婀格費·蒂霍諾夫娜。一定是四十歲的老姑娘？

費　決不是的，您娶了以後，保管每天滿口誇獎，道謝不釋。

鮑　你眞會撒謊，婀格費·蒂霍諾夫娜！

費　我老了，不會撒謊的。狗纔撒謊。

鮑　嫁妝呢？嫁妝呢？你再說一遍。

費　嫁妝是在莫斯科區一所兩層樓的石頭房子，進項之多，眞叫人瞧着喜歡：糧食店一家就付房租七百盧布，啤酒店也生意興隆；又有兩所木造邊房，——一所是完全木造的，一所是石頭的地基，每所房子可以收到四百盧布的租錢。在魏博區有一片菜園，前年那個商人租下來種白菜的。他規矩得很，從來滴酒不入，有三個兒子：兩個兒子已經娶媳婦了，她說：『老三還年輕，讓他在店坐坐，學學生意，我呢，老啦，讓兒子坐在店裏做買賣罷。』

鮑　他自己呢？臉子長得怎麼樣？

費　眞像水晶似的！白裏泛紅，好比血裏攙奶——那份甜勁是沒法形容的。您一定會滿意到這份上，（手指嗓子）逢人就說：『眞是謝謝她，多虧費克拉·伊凡諾夫娜！』

鮑　她是不是官家小姐？

費　她是三號票商家的女兒，她那種舉止行動，配將軍都滿行的。她不願意嫁給做買賣的。她說：『我不管丈夫是怎麼樣的長相，祇要貴族就行。』她眞是漂亮大方！禮拜那天，一穿上綢衣，——嚇，飄來飄去地發出聲音。簡直是一位侯爵夫人！

鮑　我所以問你，因爲我自己是七品官，我必須……你明白嗎？……

費　那還有不明白的？有一個七品官來說過，看不中，給回絕了。他的皮氣很奇怪：說一句話就撒一句謊，而且一眼就看出來的。他天生就是那個樣子，沒有法子；他自己也不高興，却不能不撒謊，——這眞是老天爺注定的。

鮑　除去這家外，還有別的人家沒有？

費　你還要甚麽？這是最好的嘍。

鮑　眞是最好的嗎？

費　你走遍全世界，找不出第二個來。

鮑　讓我想一想，讓我想一想。你後天再來。我們兩人還是那樣：我躺着，你再說一說……

費　您老人家怎麽噦？我上您府上走了二個月，一點道理沒有弄出來：您老是穿着睡衣，坐在那裏抽煙。

鮑　你以爲娶親，就好比說：『喂，司台潘，拿靴子來！』套在脚上，就出去，是不是？總要好生考慮，好生看一看的。

費　那有甚麽要看？要看就看罷。貨色是擺着叫人看的，您叫人取衣服來，現在趁天還早，我們就去。

鮑　現在嗎？你看天陰得很，剛出去，就要遭雨。

費　這於你自己不好！頭髮已經顯得蒼白，快要不能行夫婦之道了。眞沒有看見過這樣的七品官！等到我們找到姑爺，纔不理你嘍。

鮑　你說甚麽費話？你爲什麽忽然說我的頭髮蒼白？白頭髮在那裏？（摸自己的頭髮）

費　人活來活去，總會活到白頭髮的時候。你瞧！你對這家姑娘不中意，對那家姑娘又不喜歡。你瞧，我還有一位中校可以去說的，你比起他來，還抵不到他的肩膀，說話洪亮，像大喇叭，在海軍部內當差。

鮑　你瞎說，白頭髮是你編出來的。我會照鏡子的。喂，司台潘，取面鏡子來！不用啦，我自己去取。這是千萬要不得的，這比出天花還壞。（往他屋走去。）

第九場　費克拉與高慈卡寥夫（奔入）

高　喂，鮑闊賴新！……（看見費克拉）你！你是你麼？你怎麼到這兒來啦？喂，你怎麼給我說合成這樣一個倒楣媳婦？

費　有什麼壞的地方？你應當盡天職的。

高　盡天職！沒有看見過這樣的妻子！沒有她，我還活不了嗎？

費　你自己老纏住我不放：老太太，你給我說一說罷，怎麼都好辦。

高　你眞是老狐狸精，……你到這兒來做什麼？莫非鮑闊賴新也想……

費　那有甚麼？老天爺派定的。

婚　　事

（M.米哈意洛夫畫）

第一幕第八場

鮑闊賴新與費克拉

第一幕第十場

鮑闊賴新，高慈卡塞夫與費克拉

婚　　事

第一幕第十二場

挪格賈・蒂留諾夫娜玩紙牌戲

第二幕第二十一場

鮑闊郝新從窗口躍出街上

高　這混蛋，好！一句話也沒有對我提過。這算怎麼會事？偷偷的來！好呀！

第十場　上場人物與鮑閣賴新（持鏡注視）

高　（自後潛近鮑身，使其驚嚇）嚇潑！

鮑　（驚呼，墮鏡）這瘋子！做什麼？……做什麼？……這麼淘氣！把人家嚇得靈魂都出竅了。

高　不要緊。鬧着玩兒。

鮑　這好鬧玩的！至今被你嚇得回不過氣來。鏡子也碰破了：這東西不是白檢來的，在英國舖子裏買來的。

高　算啦：我賠你一面鏡子就是嚱。

鮑　叫你賠罷，我知道這些鏡子的人顯得老十歲，嘴臉是歪斜的。

高　喂，我先應該生你的氣：你連要好朋友，連我都瞞起來了。你不是想娶親嗎？

鮑　真是瞎說，我並沒有想娶親。

高　證據近在眼前。（指費克拉）那邊站着的，誰都知道是什麼玩意。這也不要緊。這有什麼大關係？這是人生大事國民應盡的一份義務。好罷，好罷，這事情由我一人來辦。（向

費　費克拉）你把前前後後說一說。——是世家，做官的，還是經商的？叫什麼名字？

高　婀格費·蒂窪諾夫娜。

費　是姓勃浪遂赫萊司托冤嗎？

高　不是的——姓庫潘賈金那。

費　住六店路的嗎？

高　不是的；近沙場，在肥皂胡同。

費　是不是在肥皂胡同裏，小舖後面一所木房裏？

高　不在小舖後面，在啤酒店後面。

費　在啤酒店後面，——我就不知道了。

高　走進胡同口，對面就是巡警格子；走過格子，往左轉，眼前就是，眼前就是一所木頭房子，一個女裁縫住在裏面，就是以前同元老院的書記官姘過的那個。你可不要走進女裁縫的房屋裏去，就在旁邊有一所石頭房子，——這所房子就是她的，婀格費·蒂窪諾夫娜，新娘子，住在那裏。

費　好啦，好啦，現在歸我一手包辦，你去罷——沒有你的事了。

高

費　怎麽？你想自己去說親嗎？

高　我自己去，自己去，你不要管。

費　啊，好不要臉！這不是男人家的事。您躲開點罷，老先生，眞是的！

高　去罷，去罷！你什麽都不懂，用不着你管自己識趣些，——趁早走開罷。

費　好不要臉的。搶人家飯碗管這種鳥事。早知道，就一句話也不說了。（憤然下。）

第十一場　鮑爾賴新與高慈卡盧夫

高　老兄，這事情不能耽擱；——現在就走。

鮑　我還並沒有甚麽。我衹是心裏想着……

高　沒有關係，沒有關係！你千萬別慌：我替你說親，包你心滿意足。我們現在就到女家去。你瞧一說就成。

鮑　又來啦！怎麽可以現在就去！

高　事情還有甚麽，還有甚麽可以拖的？……你自己瞧瞧你至今不娶親，成了什麽樣子了？瞧你的房子：亂七八糟的是甚麽東西？東邊一隻髒靴子，西邊一隻洗臉盆，棹上是一大堆煙菜，你自己整天斜躺着，闌膝闌調的。

鮑 這是實話。我家中沒有秩序，我自己知道的。

高 祇要你有了媳婦，你自己，和你的一切，都會改變樣子的：你這裏一張沙發，一隻小狗，小金雀養在籠裏，一些針織品……你想，你坐在沙發上，……忽然一個小女人，美麗的小女人，坐在你旁邊，小手把你……

鮑 說實話，世上眞有那樣的小手，簡直好比牛奶，眞要命！

高 你那裏知道！你心想她們祇有一隻小手……嚇，老兄，她們還有……何必說呢；眞要命，她們有的是好東西。

鮑 說實話，我是很愛有一個美女伴在我身旁的。

高 原來你自己明白過來了。現在應該動手辦事。你自己不用操心。辦喜酒等等……全歸我……香檳酒起碼一打，隨便怎麽說，少了不成。紅葡萄酒也要預備半打。女家有一大堆嬸娘和寄娘，——她們不好惹的。白葡萄酒——免了，你說對不對？至於飯菜一層——我認識一個御廚；這狗總會把我們餵得直不起腰。

鮑 你這樣熱心，好像眞要辦喜事似的。

高　那有什麼？何必拖延下去？你不是答應了嗎？

鮑　我嗎？不對，我還沒有完全答應呢。

高　你瞧你！你剛纔還宣布說你願意的。

鮑　我祗說了，這事不壞。

高　你又來啦！我們已經把一切事情都完全……而且還有甚麼可說的？莫非你不喜歡結婚的生活嗎？

鮑　喜歡是喜歡的。

高　那怎麼樣呢？還有甚麼遲疑的？

鮑　並非遲疑不遲疑，是有點奇怪……

高　什麼奇怪？

鮑　多久沒有娶親，現在忽然娶了，怎麼不奇怪的。

高　得啦，得啦……你怎麼不害臊呢？我看須要同你正正經經談判一下，同你開誠布公地說，像父親對待兒子一般。你看一看，仔細看一看自己，就像現在你看我似的。你現在成了什麼樣子？你簡直是一根木頭，沒有一點用處。你活在世上是幹甚麼的？你照一照鏡子，——自己會看得見的。一隻蠢臉——沒有別的！你想像一下，小孩們在你身旁圍繞着，而且不止兩三個，也許有整整的半打，一個個全都活像你，你現在孤孤單單的一人，做了七品官，收發主任，或是什麼科長之類；但是你再想像一下，要是你身旁圍了些主任少爺，科長小姐，那些小賴皮，小淘氣，伸着小手兒，抓你的鬍鬚，而你呢，直對他們學狗叫：阿烏，阿烏，阿烏！請問：還有比這美的嗎，你自己說？

飽　他們淘氣得厲害：要糟蹋一切，把紙張扔散的。

高　讓他們淘氣去，可是有一宗——全都像你呢。

飽　這倒是可樂，他媽的一個個胖胖的，像小狗，却和你自己相像。

高　怎麼不樂——自然是可樂。怎麼樣？去罷。

飽　去就去罷。

高　喂，司台潘！快來給老爺穿衣裳。

飽　（鏡前更衣）我以爲應該穿白坎肩。

高　小事一端，都可以的。

飽　（套領）可惡的洗衣女人，把領子漿得那麼糟——怎麼也支不起來。司台潘，你對她說，如果她還假東西還要這樣沒衣裳，我要另雇人了。她一定是祇願同姘頭說話忘記了沒衣裳。

高　老兄，快點！你老是慢吞吞的！

鮑　就好，就好。（穿好燕尾服，坐下。）喂，伊里亞·福米奇，你看怎麼樣？你還是一人去罷。

高　又來啦：不是瘋了嗎？叫我去！是誰要親：我還是你？

鮑　眞的有點不大高興，最好明天去罷。

高　你究竟有沒有一點點的腦筋？你是不是傻子？已經都收拾好了，——忽然又不去了？請問：你這種樣子，是不是猪玀，是不是混蛋？

鮑　你駡甚麼？無緣無故的？我做了甚麼對你不起的事？

高　傻子，十足的傻子，誰都要對你這麼說的。別瞧你是收發主任，那份蠢勁，簡直蠢得要不得。我圖什麼這樣張羅？那是爲了你的益處。人家在替你從嘴裏掏肉吃呢。這光桿兒你看他又躺下了！請問：你像甚麼玩意？——簡直是廢物蠢材，還想說些厲害的字眼……祇怕有點兒不好聽。女人比女人還壞！

鮑　你自己是好的。（微語）你是不是瘋啦？底下人在那裏站着，你竟當着他駡起街來，

高　用這些字眼，找不着別的地方了！

高　請問：怎麽能不駡你？誰能不駡你？誰能忍住氣不駡你？像個正經人似的，决定娶親總算明白過來了。忽然好像犯魔似的，吞了迷藥，你這木頭……，

鮑　得啦，我去就是——你嚷甚麽？

高　我去就是！你也敢不去！（向司台潘）取帽子和大衣來。

潘　（立門前）眞是怪物。同他簡直沒法辦：忽然無緣無故地駡起人來，一點也不懂規矩。

高　現在自然不駡了。

兩人下。

第十二場　婀格費·蒂霍諾夫娜家中一室

婀格費·蒂霍諾夫娜玩紙牌爲戲，嬸母亞里娜·潘鐵萊莫諾夫娜傍坐而觀。

婀　嬸嬸，又是遠行！紅方塊 King （皇帝）注意上了……有眼淚……情書，左面是黑桃 King 參加着，但有奸人阻梗。

亞　你看，誰是黑桃 King？

嫻　不知道。

亞　我知道。

嫻　誰呀？

亞　一個賣呢子的大商人，阿列賽·特米脫里維奇·司達里闊夫。

嫻　決不是他，我可以打賭，決不是他。

亞　你別爭辯，嫻格費·蒂霍諾夫娜，我的頭髮都快變色了。沒有第二個黑桃 King。

嫻　這是不對的。黑桃 King 是貴族，做買賣的黑桃 King 遠得很呢。

亞　嫻格費·蒂霍諾夫娜，要是老爺子在世的話，你不會這麼說的。你老爺子時常拍着棹子叫喊，說：『我最恨那種把經商當作羞恥事的人。我決不把女兒嫁給上校。讓別人去這麼做罷。』他說：『我也不讓兒子去做官。難道商人不是和別的人一樣，爲皇上服務麼？』說完，一雙大巴掌直朝棹上拍着。手像木桶一般大，——眞把人嚇死！說實話，是他把你母親給磨折死的，不然她會活得長遠些。

嫻　也叫我嫁這樣壞皮氣的丈夫？我說什麼也不嫁給商人！

亞　阿列賽·特米脫里維奇不是這樣的人。

婀　我不願意，我不願意！他那鬍鬚：吃東西的時候，順着鬍鬚往下流。不，不，我不願意！

亞　到那裏去找好貴族呢？街上是找不到的。

婀　費克拉·伊凡諾夫娜會找的，她答應我給找最好的。

亞　她是個撒謊的女人。

第十三場　上場人物與費克拉

費　亞果娜·潘鐵萊莫諾夫娜，您無緣無故造謠言，不怕罪過。

婀　啊，是你，費克拉·伊凡諾夫娜！怎麽樣？說呀！有沒有？

費　有，有，有，讓我先歇歇氣，——累得夠瞭！受了你的委托，我把家家人家，各部各衙門，全都走過，連巡警廳全去過。……你知道不知道，我幾乎挨人家的揍！真的有一個老太婆就是替阿費洛夫說媒的，衝上來罵我：『你是什麽東西，搶人家的飯碗，你應該知道自己的地段。』我對她直說：『我是爲了我的小姐，你不要生氣，我會叫你滿意的。』這麽一來，我給你預備好許多新姑爺！從開天闢地，直到現在，這樣好的人沒有見過。有幾個人今天就要來和親。我特地跑來預先知照一聲。

婀　怎麽今天就來？啊喲，費克拉・伊凡諾夫娜，我害怕。

費　好小姐，別怕！這是終身大事！讓他們來看看！沒有甚麽。你也可以看看：不喜歡，——就讓他們走。

亞　你眞能找到好的出來嗎，

婀　多少人？人多不多？

費　有六個人。

婀　（呼喊）喔唷！

費　你何必這樣張皇！可以好生挑選：這個看不中，那個會合意的。

婀　他們全是貴族嗎？

費　全是的，挑得很齊；像這樣的貴族，還沒有過。

婀　怎樣的，怎樣的？

費　全是漂亮的，好的，勤謹的。第一個，巴達扎・巴達扎洛維奇・芮瓦金，很漂亮，在海軍界做事，——和你很相配。他說他喜歡身體肥胖的妻子，不愛乾癟的。還有一個伊凡・柏夫洛維奇，是法院的執行吏，神氣十足，威嚴萬分。他長得胖胖的，很挺直，衹朝我說：『你老是新娘子長新娘子短地說些廢話，你照實說她有多少動產和不動產，』我說，有多少多少他說『狗娘養的，你儘撒謊！』還說出那種字眼，叫我不好意思朝你說，我立刻就明白，這總是一個正經體面的紳士。

娟　還有誰！

發　還有尼塢諾・伊凡諾維奇・奧奴慈金。他舉止大方，嘴唇眞像楊梅，像楊梅那般可愛。他說：『我需要的是美麗，有學問，能說法國話的妻子。』他確是態度幽雅的人，德國派；身子瘦拐拐的，脚又窄又細。

娟　瘦拐拐的人我不大那個……我不知道……我不知道……看不出他們……

發　喜歡胖的，挑伊凡・柏夫洛維奇好啦。再好是挑不出的了。這位先生眞是夠格兒這個門裏差一點走不進來——眞有趣。

娟　他多大年紀？

發　年紀還輕：五十歲左右，還不到五十歲。

娟　姓什麽？

發　姓伊凡・柏夫洛維奇・煎鷄蛋。

娴　有這樣的姓嗎？

費　就是這個姓。

娴　哎喲，這樣的姓，眞要命！要是我嫁給他，我的姓名改作娴格費·蒂緄諾夫娜·煎鷄蛋，那成什麽樣子！這眞不成樣子！

費　我們俄國有這麽一句俗話，人家聽見以後，也不過是唾口吐沫，畫下十字。旣然你不喜歡這姓，就挑巴達扎·巴達扎洛維奇·芮瓦金好了，——一個很可愛的姑爺。

娴　頭髮怎樣的？

費　頭髮很好。

娴　鼻子？

費　唔……鼻子也是好的。都放得端端正正的。皮氣也很好。祇有一樁你不要生氣：家裏祇有一根烟囪，別的什麽沒有——傢具一點也沒有。

娴　還有誰？

費　亞金夫·司台潘諾維奇·潘台棐夫，一個官員，九品官，有點口吃，人倒是循規蹈矩的。

亞　你老是官員官員的；你說，他愛喝酒嗎？

發　喝是喝的；不撒謊，喝的有甚麼辦法，——他是九品官！可是醉得很，像一塊綢子。

娴　我不要渴醉酒的做丈夫。

發　這是你的自由，小姐！不要這一位，再挑別一位好啦。不過偶然喝多些，有甚麼關係？並不是幾個禮拜喝醉的；也有一天兩天清醒着。

娴　還有誰？

發　還有一個人，不過這個人……不用提他嘍！還是這些人好些。

娴　他究竟是誰？

發　我不願意提他。他總算是七品官，掛着勳章，可是不大愛動，沒法兒引他出門。

娴　還有誰？你說有六個人，一共祇有五個。

發　難道你還不夠？你瞧，你竟上癮了，剛纔你還駭怕來着。

娴　你這些貴族有什麼用？別瞧你有六個，一個商人就抵住大家。

發　貴族尊貴得多，亞里娴·潘鐵萊莫諾夫娜。

亞　尊貴算什麼？你瞧，阿列賽·特米脫里維奇，戴着貂皮帽，坐着雪橇，走出走進的……

發　逢到戴肩章的貴族迎面過來，說：『你這小生意人！讓開道！』或者說：『小生意人，把最

亞　好的絲絨給我看！』……商人祇好說：『喳，喳，老爺！』——『不懂規矩的野蠻東西，把帽子摘下來！』——貴族要這樣說。

費　貴族會砍死商人的。

亞　商人不高興，就不賣呢子；貴族祇好光身子，沒有衣裳穿。

費　貴族到元老院裏去告商人。

亞　商人到區裏告去。

費　貴族到……

亞　商人到總管衙門去告。

費　貴族到……

亞　胡說胡說，總管衙門會比元老院大！你去張羅貴族能！貴族有時候也要摘帽子的……

（門前鈴響）有人按鈴。

費　啊喲，這是他們！

亞　誰？

費　他們來……相親的。

婀　（哦）喔唷！

亞　阿彌陀佛！屋裏一點也沒有收拾。（檢起桌上一切物件，在室內奔走。）那個毯子，桌上的毯子完全是黑的。杜娜士卡，杜娜士卡！（杜上）快拿乾淨棹毯來！（將桌毯拉下，在室內亂走。）

婀　啊喲，嬸嬸，叫我怎麼辦？我差不多穿着一件單褂。

亞　啊喲，小姐，快去換衣裳！（在屋內亂走；杜娜士卡取桌毯上，門上鈴又響。）快跑去說：『就來啦！』

杜遙遙裏喊『就來啦？』

婀　嬸嬸！衣服還沒有燙好呢。

亞　啊喲，阿彌陀佛！就穿別的衣裳罷。

費　（奔入）你們爲什麼還沒有弄好？婀格費·蒂猥諾夫娜，快一點，好小姐！（鈴聲又哉）噢！人家是在外面等着的呀。

亞　杜娜士卡，領他進來，請他候一候。

杜奔外室開門。語聲：在家麼？——在家，請屋裏坐。大家好奇地搶着從鑰匙洞隙中窺望。

婀　（叫）嚇，眞胖！

費　進來啦，進來啦！

大家奔避。

第十四場　煎雞蛋（伊凡·柏夫洛維奇）與杜娜士卡

杜　請候一會。（下。）

煎　候是可以候的，就怕誤了公事：好容易偷了一點工夫，從法庭裏溜出來。忽然滿腦想到：「執行吏呢？執行吏到那裏去了？」——「去相親嘍……」——「下次可不准他去相親——」讓我再看一看那張清單。（念）「石頭樓房全幢」……（翻眼向上，尋視室中一週。）有的！（續念）「邊房雙幢；石基，木造各一。」……木頭房子可不大強。「雙套雕花馬車及雪橇各一輛，附大小地毯。」也許祇能當碎木頭賣。老太婆卻說是頭等貨好啦，就算頭等貨罷。「銀匙雙打」……自然，搭家庭用得着銀匙的。「狐裘雙件」……哼？……「鴨絨繡枕大小各成對。」（咬緊嘴唇）綢衣六套，布裳六件，睡衣兩件。……」這是空頭玩意！「裏衣，飯巾」……這都隨她的便，有沒有不吃勁。應該仔細查點一下。現在說得滿好，又有房產，又有車馬，祇要一娶下來，剩些鴨絨鴨毛。

鈴聲又響。杜郞士卡匆匆地從屋內穿過，走去開門。但聞語聲：在家嗎？——在家呢。

第十五場　伊凡・柏夫洛維奇與奴慈金

杜　請候一會。就出來的。

杜下。奥與煎鞠躬爲禮。

煎　您好呀？

奥　足下是不是美麗的女主人的老太爺？

煎　不是的，並不是老太爺。我還沒有生小孩呢。

奥　啊喲，對不住，對不住！

煎　（向傍言）這個人的面貌，有點兒可疑：他到這裏，怕也是和我一樣的來意。（大聲）

您來見這裏的女主人，有什麼貴幹？

奥　沒有……沒有什麼事情，散散步，順便來一趟。

煎　（向傍言）胡說，胡說，順便來的！這傻蛋也想娶親！

鈴聲又響。杜郞士卡穿過屋子去開門。外屋語聲：在家嗎？——在家呢。

第十六場　上場人物與芮瓦金（女僕隨入）

芮　（向杜）好姑娘，請你替我刷一刷……街上塵土黏了不少。在這邊，請你把一根毛取下來。（轉身）行啦！謝謝你，好姑娘，你再看一看好像一隻小蜘蛛爬着！後跟上有什麼沒有？謝謝你，好姑娘！這裏，好像，又是什麼。（手觸禮服袖，向奧奴慈金與伊凡·柏夫洛維奇那邊看了一眼。）這是英國呢子！真經穿！九十五年時候，我們的艦隊在西西里亞，我那時還在做練習生，買了這塊料子，縫了一件制服；八百零一年，柏衞·彼得洛維奇皇帝時代，我升爲少尉，這塊呢子還是完全新的，八百十四年，出發週游世界，祇是摺縫上有點磨破；八百十五年，告老退休，祇是翻了翻面子；已經穿了十年，至今還是簇簇新的。謝謝你，好姑娘……美姑娘！（用手舐唇，走近鏡前，輕理頭髮。）

奧　請問，西西里亞是……您剛纔說過西西里亞——那是好地方嗎？

芮　好地方！我們在那裏駐紮了三十四天；風景不瞞你說，是太美了。山啊，石榴樹啊，滿是意大利女人，全像一朵朵小玫瑰花，眞想抱着和她們親嘴。

奧　還都是有知識的嗎？

芮　智識高極了！那樣的智識，除了我們的僑俗夫人們纔有的。我們有時到街上走一走，——既然是俄羅斯的尉官，自然是肩章，（指肩）金絲邊，旁邊走着些臉色黑俏的美女，——他們每家人家都有平台屋頂就像這樣的地板。完全是平的，——指頭一看，平台上正坐着一朵玫瑰花……自然不能丟失面子……（鞠躬，捍手，）她也祇是這樣。（舉手指示手勢）穿得也自然是塔付糊絲帶子戴着各色各樣的耳環……一句話，一塊好吃的東西……

奧　請問您一句話：——西西里亞說那國語？

芮　自然說法國話。

奧　一般姑娘們都說法國話嗎？

芮　全說的。我對您說，您也許不信：我們住了三十四天，一句俄國話也沒有聽見她們說過。

奧　一句也沒有說？

芮　一句也沒有說。那些貴族，和別的體面人，一些軍官們，自然不必說；但是普通的鄉下人，背上槓東西的苦力，你如對他說：——『喂，老鄉，拿一塊麵包來，』——他不明白，真的不會明白的，要是說法國話：——"Dateci del pane"——或說——"Portate vino"

他總明白，跑去取來了。

煎　這西西里亞，我想是很有趣的地方。您剛纔說：鄉下人鄉下人是怎麼樣的？是不是同俄國鄉下人完全一樣，——寬寬的肩膀，還種田不種田呢？

芮　不敢說沒有看見他們種田不種田；至於烟呢？我可以說他們不但吸？還往嘴裏放，來往運輸也是很便宜的，那邊全是水，四處是小渡船——一個小意大利女人坐在那裏，像一朵玫瑰花，穿得很齊整，硬袖和頭巾，……一些英國軍官們和我們在一塊兒；也是一類海軍界的人……開始與有點兩樣？互相不明白；後來一熟，就隨隨便便地明白了。一指瓶子或杯子，立刻就知道是喝酒的意思；拳頭向嘴裏一升，嘴唇說出『柏夫，柏夫』的聲音，——就知道是抽烟斗。我不瞞您說，言語是很容易學的東西，——水手們兩三天就會互相了解的。

煎　可見外國的生活是很有趣的。我十分喜歡同有閱歷的人交朋友。請問：貴姓？

芮　芮瓦佘，退職少尉。請問：貴姓？

煎　伊凡．柏夫洛維奇．煎鷄蛋，法院執行吏。

芮　（未鷄滑）是的，我也吃過了。我知道路很遠，天氣又冷；吃了一塊麵包，一點鹹魚。

煎　您大概沒有明白賤姓就叫煎鷄蛋。

芮　（勒努）啊喲對不住！我的耳朵有點不管事了。我只以爲您說您吃了一盤煎鷄蛋。

煎　有什麼辦法！我早就打算請求廳長准我改姓，家中人勸我不必改，改來改去還是更難聽。

芮　這是常有的事。我們第三艦隊全部軍官和水手們，有許多姓十分特別：髒水，醉鬼，猪頭，中尉，還有一個練習生，很好的練習生，姓小洞。上校常說：「喂，小洞，到這兒來！」——還時常跟他開玩笑，說他是一個小洞！

● 「煎鷄蛋」俄文原音「耶伊赤尼赤。」譯者譯時，頗費斟酌，因爲譯原音：對於不識俄文之一般讀者，將不生若何幽默的意味；決譯其義爲「煎鷄蛋，」雖可不失原文風趣。惟因此，不能不將此句亦改譯如正文，自知大失原文幽默味，但亦無可如何。茲將直譯之原文附錄以後，以資對照：「煎　有什麼辦法；我早就打算請求廳長准我改姓「耶伊赤尼城，」家中人勸我不必改：一改倒像了「狗兒子」了。」按俄文「狗兒子」音「騷伯赤意孫」（Sobachiy Suz）其末音「孫，」與「耶伊赤尼城」（laichnit sun）之末音「城」相似，故作此打諢語，意在博俄家讀者一笑，但譯爲中文，並無幽默意味故祗好胡亂改譯如正文。

鈴聲發自前室；費克拉穿室奔去開門

煎　老太太，老太太好呀！

芮　你好呀，老太太！

奥　你好呀，費克拉·伊凡諾夫娜！

費　（忙着出去）謝謝，好，好！

開門。前室語聲，在家嗎？——在家呢。又是幾句分別不淸的言語。費克拉恨恨地答。——你瞧。你這個人。

第十七場

上場人物高慈卡密夫鮑關賴新與費克拉

高　（向鮑）你祇要記住你的膽量，別的不要甚麽。（四顧鞠躬，微露驚色，自語）嚇，這一大堆人！這是怎麽會事？不也是相親的嗎！（推費克拉，輕聲與語。）從那裏聚來這許多烏鴉？

費　（微語）不是烏鴉，全是規規矩矩的人。

高　（對地）客人不少，都是些阿毛阿狗。

費　瞧你自己的臉子，少吹牛出門擺闊，家裏就許沒有燒粥的米。

高　你的進項，恐怕要落空，（大聲）她現在做些什麼？這扇門是不是通她的臥室？（走近門去。）

費　別不要臉！對你說過，人家在穿衣裳呢。

高　有什麼要緊？那有什麼關係？祇是看一看？沒有別的。（向鎖鑰窺望。）

芮　讓我也張望一下。

煎　讓我也看一看。

高　（繼續張望）看不見什麼，先生們！看不清白幌幌的是甚麼，女人或是枕頭。

衆擠門前，推搡上去看望。

高　嚇……出來了。

衆奔散。

第十八場　上場人物亞里娜·潘鐵萊莫諾夫娜與瑪格麗·蒂蜜諾夫娜（衆人鞠躬）

亞　諸位來此，有何貴幹？

煎　我看報知道府上有人打算包運木材，我是法院的執行吏，特來打聽木材的種類，多少數目和包運的期限。

亞　雖然不想包運什麽，您的光降是很歡迎的。貴姓？

煎　伊凡・柏夫洛維奇・煎鷄蛋，八品官。

亞　請坐。（向芮瓦金看望）請問……

芮　我也是看見報上廣告，心想來走走。天氣很好，路上全是香草……

亞　貴姓？

芮　退職海軍少尉，巴爾扎達爾・巴爾扎達洛夫・芮瓦金第二。以前還有一個芮瓦金，比我先退職。膝蓋的下面受傷，槍彈中得很奇怪，並沒有打中膝蓋，却穿着筋過去，好像針縫似的。你同他站在一起，老好像他要用膝蓋從後面冷不防打你一下。

亞　請坐。（向奧奴慈金）請問貴幹？

奧　來結一個隣居。因爲住得很近……

亞　您是不是住在對門，商人的妻子圖魯鮑瓦的屋裏？

奧　不是的。我現在還在沙灘，不久就想搬到近邊來，到這一帶來。

亞　請坐，請坐。（向高慈卡闊夫）請問……

高　難道您不認識我麽？（向婀格茇・蒂霧諾夫娜）您也不認識麽，小姐？

婀　好像從來沒有跟您見過面。

高　您想一想罷：您一定在什麽地方見過我的。

婀　眞的是不知道。莫非在皮留士金家裏嗎？

高　就在皮留士金家裏。

婀　您還不知道，她出了一件事。

高　是出嫁了。

婀　不是的，能夠這樣還不錯。她是摔壞了腿。

亞　摔得頂厲害。黑夜裏坐着雪車回家，馬夫醉了，把她從雪車裏摔了出來。

高　我記得是出了點事兒：不是出嫁，便是摔壞了腿。

婀　貴姓？

高　敝姓——伊里亞・福米奇・高慈卡寥夫。我們還沾點親；內人常說起的……讓我介紹，讓我介紹，（執鮑闊萊新手，拉其向前，）敝友鮑闊萊新・伊凡・畢慈米奇，七品文官，收發主任，一個人辦全部的工作，把自己部分的事務做得很完善。

娴　貴姓呀？

高　鮑闊萊新・伊凡・庫慈米奇，鮑闊萊新。局長是派來擺樣的，一切事都歸鮑先生幹。

婀　是的。請坐罷。

第十九場　上場人物與司達里闊夫

司　（兩手輕按腰際，作商人式的，匆快的鞠躬。）好呀，亞里娜・潘鐵萊莫諾夫娜！百貨商場裏有人說您出賣羊毛！

婀　（身體一扭，露出不屑的神氣，輕聲說話，却使他聽得見。）此地不是買賣舖子。

司　咦！來得不是時候？是不是沒有我們的分兒，就把事情弄妥了？

婀　請罷，請罷，阿列賽・特米脫里維奇；羊毛雖然不出賣，您來串門是很歡迎的。請坐罷。

衆坐。沉默。

煎　今天天氣眞奇怪：早晨好像下雨，現在又彷彿過去了。

婀　這天氣眞不像樣：有時晴，有時完全下雨，沒趣得很。

芮　我隨艦隊到西西里亞去的時候，正是春天——比較一下，就跟我們的二月一樣；出門時有太陽一會就下雨，一看，眞的就是雨。

煎　最不痛快的是遇上這種天氣，一人坐在家裏。有家眷的自然完全不同，——不會悶的。如果光身，那簡直是……

芮　那等於死，簡直是死！

奥　這眞可以說是……

高　什麽？——那簡直是磨難！活得都不快活！這樣的苦事還是不去嘗試的好。

煎　小姐，要是由您挑選意中人，請問您對於這個有怎樣的趣味？恕我直說。您心目中的姑爺，是當什麽差使的體面些？

芮　小姐，你願意熟悉航海的人做姑爺嗎？

高　不對，不對！據我看來，那人能獨自管理全局子的事情的，是最好的丈夫。

奥　何必固執成見？爲什麽您看不起那類雖然在步兵營裏當差，却懂得上等社會儀節的人呢？

煎　小姐。您自己解決罷！

嫻　（沉默不語。）

費　您回答呀，對他們說呀。

煎　怎麼樣呢？

高　您的高見呢，嫻格費・蒂霍諾夫娜？

費　（輕語嫻）說呀說呀，說：——謝謝，我很高興……這樣呆坐着不好。

嫻　（輕聲）我害臊，眞的害臊；我要走，眞的要走。嬸嬸，你替我伴一伴客。

費　唉，別走，別做寒蠢事；這眞寒蠢。他們不知要如何想法。

嫻　（又輕聲）不行，我要走，我要走！（奔下。費克拉與亞里娜隨下。）

第二十場　上場人物（除下場者不計）

煎　全走囉，這算怎麼會事？這是什麼意思？

高　一定出了什麼岔兒？

芮　大概是關於女太太們的服飾……要把什麼按一按好……袖頭呀……別針呀……

費克拉上。衆向問：什麼？什麼什麼事情？

高　出了什麽岔兒？

費　怎麽會出了什麽岔兒？眞的，什麽事也沒有。

高　那末她爲什麽走出去呢？

費　你們把她弄得臊了，所以就出去了。你們把她弄得難爲情得很，竟坐不住了。她現在叫我給諸位道歉：晚上請到這裏來喝杯茶。（下）

煎　（向傍言）又是喝杯茶！就爲這個，我不喜歡說媒：今天不成，請明天來，後天再去喝杯茶，要不還讓她考慮一考慮，眞是麻煩極了，其實這算什麽屁事，一點也不難解決啊！我是有職務的人，我沒有工夫。

高　（向鮑）姑娘並不壞呀，是不是？

鮑　是的，不壞。

芮　姑娘是不錯呀？

高　（向傍言）不對勁！這個傻子愛上了。也許還會從中阻梗！（大聲說）完全不好看，完全不好看。

煎　鼻子太大。

芮　鼻子我倒沒有看見。她像一朵玫瑰花一般。

奧　我也是這個意見。不過，不對，不對……我以爲她不見得明白上等社會的儀節。並且她會不會說法國話呢？

芮　請問，您怎麽不試一試同她說幾句法國話呢？也許會說的。

奧　您以爲我會說法國話麽？我沒有取得這種教育的運氣。家父是個混蛋，畜生，他並不想教我念法文。我那時還是小孩，容易學，祇要好生揍兩下，就會學好，一定會學好的。

芮　現在您既然不懂，那末您有什麽好處，要是她……

奧　不是的，不是的。女人是另一件事她必須要懂的，要是不懂，她就那個，那個……（指手勢）簡直不那個了。

煎　（向傍言）這事讓別人去操心罷。我要到院子裏去看一看正房和邊房去：要是都不錯，今天晚上就進行。這些人我不怕，都是頂軟弱的。新娘子是不喜歡這種人的。

芮　去抽一筒烟去。我們是不是順道？請問，府上住在那兒？

奧　沙灘，彼得胡同。

芮　這要繞灣的：我住在島上，十八條街；不過我可以送您。

司　這眞有點官氣十足。但是婀格裴・蒂宏諾夫娜，你以後會想到我們的再見罷，先生們！

（鞠躬而下。）

第二十一場　鮑闊傾新與高慈卡宓夫

鮑　我們等着做什麼？

高　是不是，姑娘頂漂亮？

鮑　得啦。說老實話，我不喜歡。

高　唉！這是怎麼會事？你自己還說她好看來着。

鮑　有點不那個：鼻子太長，又不會說法國話。

高　這算怎麼會事？說不說法國話於你有什麼用？

鮑　新娘子總是應該會說法國話的。

高　爲什麼呢？

鮑　因爲……我也不知因爲什麼，總是有點不那個。

高　眞是傻子。剛纔那個人一說，他耳朵裏就鑽進去了。她是美女，簡直是美女；這樣的美女是無處尋找的。

鮑　起初我覺得很中意，以後大家全說她鼻子太長，鼻子太長，——我一看，自己也看出鼻子太長來了。

高　你笨得眞可以！他們是故意這麽說，好把你支使開：連我也不敢誇獎，——全是這樣做品的。其實這個姑娘十分出色！你祇要看她的眼睛：那雙眼睛，那玩意眞要命：又會說，又會呼吸。鼻子呢？我說不出是怎樣的鼻子，白得像石膏！不，石膏都不能比的。你自己好生相一相。

鮑　（微笑）現在我又看出她好像是美的。

高　自然是美的。你聽着：現在大家都散了，我們去找她談談，一下子就可定規了。

鮑　這個我不幹。

高　爲什麽呢？

鮑　這不是胡鬧麽？我們人很多；讓她自己挑選好啦。

高　你何必管他們：你怕情敵，是不是？好不好，我把他們一下子全攆走？

鮑　看你怎麽攆走？

高　這包在我身上。你祗要給我賭咒，以後不許再扭扭揑揑的。

鮑　可以賭咒。我想娶親，不再固執了。

高　手呢！

鮑　（授以手）拿去！

高　這纔是我求之不得的。

兩人下。

第二幕

嫻格費・蒂霍諾夫娜家中一室。

第一場

嫻格費・蒂霍諾夫娜一人，高慈卡塞夫後上。

嫻　挑選——眞是難事！一兩人還罷了，一下子四個，——隨便你挑選。尼堪諾・伊凡諾維奇長得不壞，自然嫌他瘦些；伊凡・庫慈米奇也不錯。說實話，伊凡・柏夫洛維奇也不錯，雖然胖些，總是很體面的男子。請問：怎麼辦好？巴達扎・巴達扎洛維奇又是個體面男子。這眞是難決定，別提多末難啦！如果把尼堪諾・伊凡諾維奇的嘴唇按在伊凡・庫慈米奇的鼻子下面，再添上巴達扎・巴達扎洛維奇那樣的活潑，伊凡・柏夫洛維奇那樣的發福，——我是立刻可以決定的。現在你去思想罷！簡直頭都要脹痛的。我想最好是抓鬮。抓住誰的鬮，就嫁誰：一切全憑天意。把他們的名字寫在紙上，搓成小卷，抓到什麽，就是什麽。（走至桌傍，取剪刀與紙，剪成數小紙，一邊搓卷，一邊說話。）我們姑娘的地位，尤其是有了愛情的，眞是不幸呀。男人是不懂也不願意明白的。這不是都弄好了麽？祇要放到手提包裏，閉住眼睛，抓到什麽，就是什麽。（將紙卷放手提包中，用手攪亂之。）可怕得很……但能抽出尼堪諾·伊凡諾維奇來纔好呢！爲什麽是他？不如抽出伊凡·庫慈米奇來。爲什麽是伊凡·庫慈米奇呢？別的那些人，比他壞在那裏？……這樣不行……抽出什麽，就算什麽。（伸手入提包摸索一會，將紙卷全行掏出。）唉，全有！全抽出來啦！唉，心跳得要命！不行，祇能一個，祇能一個！（將紙卷重放手提包中，攪亂之。高慈卡麥夫輕聲入室，立於其後。）唉，但能抽出巴達扎來纔好……我怎麽嚷！我要說的是尼堪諾·伊凡諾維奇……不，不要，不要！命裏注定誰，就是誰罷。

高　挑伊凡·庫慈米奇，比別人全好。

婀　啊喲！（驚跳起來，雙手掩面，不敢向後看望。）

高　您怕甚麽？別怕，這是我。您挑伊凡·庫慈米奇，眞是最好些。

婀　嗯，我害臊：您全聽見了。

高　沒有，沒有！我是自己人，親戚，用不着當我害臊；你揭開臉來罷。

嫻　（臉半開）我眞是害臊。

高　您就挑伊凡・庫慈米奇罷！

嫻　啊喲！……（又驚跳，雙手掩面。）

高　這人眞是難得的好人，辦事太好……簡直是能幹手兒！

嫻　（臉微開）但是別的人呢？尼堪諾・伊凡諾維奇——他也是好人。

高　比起伊凡・庫慈米奇，他簡直是廢貨。

嫻　爲什麽呢？

高　明白的道理。伊凡・庫慈米奇這個人……這個人……是那兒都找不出來的人。

嫻　伊凡・柏夫洛維奇呢？

高　伊凡・柏夫洛維奇也是廢貨，他們大家全是廢貨。

嫻　全是的嗎？

高　您祗要比較一下，就可以看出：無論那方面，伊凡・庫慈米奇最好！那些伊凡・柏夫洛維奇，尼堪諾・伊凡諾維奇，一古腦兒，都不是玩意兒！

嫻　他們是很……規矩的。

高　什麼規矩！是些好打架，最愛胡鬧的人！您總不高興出閣第二天就挨打罷。

嫻　唉，要命！這眞是最壞不過的倒楣事。

高　自然嘍！再也沒有比這個壞的。

嫻　那末您看是挑伊凡・庫慈米奇好嗎？

高　自然挑他的好，挑伊凡・庫慈米奇的好。（向傍言）這事情好像有門啦。鮑闊萊新坐在點心店裏，快去找他來。

嫻　您以爲挑伊凡・庫慈米奇的好。

高　一定要挑伊凡・庫慈米奇。

嫻　別的人莫非拒絕。

高　自然拒絕。

嫻　這怎麼辦？有些害臊。

高　害什麼臊？你就說年紀還輕，不想出嫁。

嫻　他們不會相信，一定要問：爲什麼？怎麼會事？

高　如果您想一刀兩斷，祇要說：『滾開，傻子們！』

嫻　怎麽能這樣說呢？

高　您不妨試一試：我包您，大家立刻就會跑走的。

嫻　這好像近乎罵人。

高　您不會再和他們相見，那還不是一樣的嗎？

嫻　總是不大好。……他們會生氣的。

高　就是生氣，也有什麽大不了的？如果會出什麽亂子，那是另一件事；這件事情，最多也不過是朝服睛上唾一口痰罷了。

嫻　那還不是麽！

高　那有什麽了不得的？眞的，有的是人挨過人家許多次的吐沫！我認識一個朋友很美麗的男子，臉上紅噴噴的，他在長官面前請求加薪，不斷的說，弄得人家厭煩得很，最後忍不住了，便朝他臉上唾了一口，說道：『給你這個，這就是你的加薪，走開吧，魔鬼！』但是薪水倒底是加了。所以唾一口痰，有什麽關係呢？如果手絹不在近邊，那是另一件事，如果手絹就在口袋裏，——取出來，擦乾就好了。（外屋鈴聲大震）有人打門，一定是他們中間什麽人；我現在不高興同他們相見。府上沒有別的門出去嗎？

娴　可以從黑梯子那裏走出去。我與是全身在抖索，

高　不要緊，祇要振起精神來再見吧！（向傍言）快去帶鮑關萊新來。

第二場　娴格費・蒂霞諾夫娜與煎雞蛋

煎　小姐，我故意來得早些，爲的是有工夫和您密談幾句。小姐，關於官爵，我想您是知道的：我是八品官，上司寵愛，屬員也服從……祇缺一樣：人生的伴侶。

娴　是的。

煎　現在我找到這個人生的伴侶了。這伴侶——就是您。請您直說：行，或是不行？（視女肩，從傍言）她並不像那些瘦女人似的，——還有點兒味道。

娴　我年紀還輕……還不打算出嫁。

煎　對不住，既是如此，爲什麼叫媒婆來張羅？也許您想說別的話——請您直說罷……！（聞鈴聲）與倒楣簡直不叫人家辦正事。

第三場　上場人物與苗克金

芮　對不住，小姐，我也許來得太早啦。（回身見煎雞蛋）啊，已經有人啦……伊凡·怕夫洛維奇，好呀！

煎　（向傍言）好呀，好呀，滾你媽的蛋！（高聲）怎麼樣呢，小姐？請您說一個字：行，或是不行？……（鈴聲又震煎雞蛋怒而唾地）又是鈴響！

第四場　上場人物與奧奴慈金

奧　小姐，也許鄙人來府較早，有失體面，……（看見他人在場，發喊一聲，上前鞠躬。）好呀！

煎　（向傍言）收回你的問好！鬼差你來，你的腿怎麼不早折斷！（高聲）怎麼樣呢，小姐，請決定罷！我是公務人員，沒有多少工夫，——行，或是不行？

婀　（驚惶）不用……不用……（向傍言）弄得我莫明其妙，不知說什麼好！

煎　怎麼不用？在那一方面不用？

婀　沒有什麼，沒有什麼……我不是那個意思……（一鼓作氣）滾出去！……（擺手向傍言）啊喲，要命！我說的是什麼話呀？

煎　怎麼『滾出去』？『滾出去』是什麼意思？請問您，說這句話的用意是什麼？（兩手褲腰，兒狠地逼到她面前來。）

嫻　（目望其面發喊一聲。）嘿唷。要揍人了，要揍人了。

跑下。煎雞蛋張口結舌，站在那裏。亞里娜·潘鐵萊莫諾夫娜開際跑入，目視其面，亦喊了一聲：

「嘿唷，要揍人了！」立即跑下。

煎　這算什麼玩意！這眞是笑話！

門前鈴響，並聞語聲。

高慈卡寥夫之聲　進來，進來，站在這兒做甚麼？

鮑爾萊新之聲　你先去。我一會兒就來：腿帶解開了，要弄弄好。

高聲　你又要溜走的。

鮑聲　不，不會溜走的！眞是不會溜走的。

第五場　上場人物與高慈卡寥夫

高　還空又要繫起腿帶來了。

煎　（向高）請問這位姑娘是不是傻子？

高　怎麽啦？出了什麽事？

煦　莫明其妙的舉動一下子跑走了，喊着要摟人了，要摟人了！誰知道是甚麽意思？

高　她是有點傻氣的。她是傻子。

煦　您是她的親戚嗎？

高　是親戚。

煦　請問那一宗親戚？

高　弄不大清楚了；好像家母的嬸子是她老太爺的什麽親戚，或是她老太爺是家嬸的什麽親戚；內人知道得十分清楚，——這是她們的事情。

煦　她早就犯傻麽？

體　從小就有的。

煦　自然，能聰明些更好，不過傻子也沒有什麽，祇要財產富足就行。

高　她是什麽也沒有。

煦　怎麽，那座石頭房子呢？

高　不過名義上是石頭的，您却不知道它是怎麽造成的：墻祇砌了一片磚，中間全塞些髒土，木片，鉋花之類的廢料。

煦　您說得真險？

高　一點也不錯。您還不知道，現在造的是什麽房子？祇要能向當舖典押就行。

煦　這房子是不是沒有典出去？

高　誰跟您說的？老實說，不但典了出去，而且有兩年多沒有付利。元老院裏已經有一個人打這所房子的主意，——還沒有看見過這樣好包攬詞訟的人，連天理良心都沒有的，自己母親最後的一條裙子，他都會剝去的。

煦　這個媒婆怎麽說……嚇，這媒婆，老魔鬼，簡直是混蛋……（向傍白）可是也許他撒謊。去好生盤問老太婆一下，如果實在……嚇……叫她知道我的厲害，是比衆不同的。

奥　有一點小事來求。兄弟自己不懂法文，老實說，很難自己判斷女太太們懂不懂法文。請問，這位小姐懂不懂法文？

高　一竅不通。

奥　眞的嗎？

高　自然啦！這是我很知道的。她同內人在寄宿學校裏同學。她是出名的蠢貨，永遠是囚裏倒氣的。那個法文教習常舉棍打她。

與　我頭一次和她見面，就有一種預覺，好像她不懂法文。

煎　法文不法文管它呢！那個媒婆眞是可惡……眞是魔鬼，女妖！你們知道她說得多末天花亂墜——眞是畫家，上等畫家。她說：「石頭房子，石基的邊房，銀匙，雪橇——坐上就去游玩！」一句話，連小說裏都找不出這樣一頁來。這老傢伙！你祇要給我碰見……

第十六場

上場人物與費克拉（大家看見她，同時朝她說下面的話：）

煎　好！她來啦！你過來，老妖精你過來！

與　你把我騙了，費克拉·伊凡諾夫娜！

高　喫生活去，能野貨！

費　把我耳朵震聾了，一句話也弄不明白。

煎　這房子是用一種磚頭砌的，你這老傢伙，却胡說八道，還說帶着擱樓，說了一大套。

費　那個我不知道，並不是我造的。也許應該是用一種磚頭造的。

煎　已經往當舖裏典押了！你這可惡的妖精，叫小鬼吞噬你下去。（跺脚。）

費　你瞧你！居然駡起來了。換別的人，人家替他忙了半天，道謝都來不及呢。

奥　我克拉·伊凡諾夫娜，您也會對我說過好幾遍，她是懂法文的。

費　她懂的，全懂的，德國話，隨便那一國話全懂的。

奥　不對罷。好像她祇會說俄國話。

費　那有什麼壞的？因爲俄國話容易明白，她就說俄國話。要是她會說囘囘話，您自己又一句不懂，豈不更壞。對於俄國話，有什麼可議論的，——連神道都是說俄國話的。

煦　你走過來，可惡東西，走過來！

費　（倒退近門）我不來。我知道你的，你這人粗得很，無緣無故會揍我的。

煦　這個不會讓你白饒過去的。我把你送到警察廳去，使你知道應該不應該欺騙好人。你瞧着能你去對那個姑娘說她是混蛋！記住，一定說。（下。）

費　瞧你這樣子！生氣得這樣！一拌，就以爲人家都比不上他了。我要說你自己是混蛋！

奥　老實說，我沒有想到您會這樣騙人的。我要是知道這姑娘的學問是這樣的，嚇我……

費　我的脚是決不會踏到此地來的，嚇嚇！（下。）

費　中了鬼迷，或是喝多了幾口黃湯，出了這些挑二挑四的人方塊字把他弄瘋了！

第七場　費克拉，芮瓦金與高慈卡家大。

高　（目視費還用手指着，哈哈大笑。）

費　（愠然）你笑什麽？（高續笑。）

芮　你看你那樣笑法！

高　媒婆！媒婆！做媒的能手，與會撮合親事！（續笑。）

費　瞧他笑得那樣子：你母親養下你來，就發瘋啦。（怒下。）

第八場　高慈卡塞夫與芮瓦金。

高　（續笑）眞沒有辦法！眞沒有辦法！肚子笑炸了，沒有勁力！（續笑。）

芮　（目視他，也開始發笑。）

高　（疲然倒椅上）眞是累壞了！覺得再笑下去，就沒有一點力量了。

芮　我很佩服您的快樂精神。在鮑台萊夫上校的艦隊裏有一個練習生潘圖寉夫，名叫安東·伊凡諾維奇，也是快樂的皮氣。有時候，伸出指頭朝他指一下，沒有什麽別的，——

他會忽然笑起來，一直笑倒晚上。瞧着他，自己也覺得好笑起來，使隨他一塊兒笑了。

高　（透口長氣）唉，老天爺饒了我們罷！她這傻子居然敢做這事！叫她去做媒？她能做得成嗎？讓我來做媒，纔能行啊！

芮　眞的嗎？您也許眞會做媒嗎？

高　自然嘍！隨便什麽人，隨便那門子。

芮　既是這樣，請您給我和這府上的姑娘做媒罷。

高　給您做媒？爲什麽您要娶親？

芮　怎麽叫爲什麽？這個問題，恕我直說，有點奇怪！誰都知道是爲什麽。

高　您已經聽見她並沒有粧奩的。

芮　沒有也沒有法子。自然這並不强，但是這樣可愛的小姐，那種舉止，就是沒有粧奩也要得。小小的一間屋子，（用手作喻衡量之）不大的外屋，加上一座小屏風，或是像隔扇一類的東西……

高　她有什麽地方使您喜歡的？

芮　說實話，我愛她的胖。我最愛胖女人。

高　（斜視他，向傍言。）他自己並不美到什麽地步；好像一隻煙葉傾倒盡的煙袋。（高聲）您是完全不該結婚的。

芮　怎麽樣呢？

高　就是這樣。在我們兩人中間說，您是什麽模樣？您那鷄腿……

芮　鷄腿？

高　自然是的。您看您的樣子！

芮　請問，怎麽叫做鷄腿？

高　簡直是鷄腿。

芮　我覺得這關涉到個人的名譽……

高　我說這話，因爲我知道您是明白人；別的人我不會說的。我可以給您做媒，做別家人家的。

芮　我求您不要替我做別家的媒。費心替我和這家做媒。

高　可以，可以，不過有一個條件：您不能從中參預，不許見小姐的面，我一人就把事情辦妥了。

芮　沒有我在場，怎麽能行？那怕見面總要見一下的。

高　一點也用不着。回家去等着今天晚上就成。

芮　（搓手）這眞妙極了！用不用文憑履歷？也許小姐要看一看，我立刻去取來。

高　一點也用不着，回家去好啦。我今天就通知您。（推他出去）走行啦。怎麽啦？那個飽鬬來新怎麽不來？這眞奇怪。他至今還在繫腿帶嗎？又要去找他嗎？

第九場　高慈卡塞夫與婀格費·蒂鑑鄙夫娜。

婀　（環望）走了嗎？沒有人嗎？

高　走了，走了，沒有人了。

婀　您曉得我眞抖索！我從來沒有經過這事。這個煞雞蛋太可怕了，一定是虐待妻子的人。

我老覺得他會回來的。

高　決不會回來的。要是他們有人到此地露一下頭，我可以把腦袋瓜子摘下來。

婀　還有一個呢？

高　那一個？

芮　（頭伸門內）眞想知道她那張小嘴……那朶玫瑰花……怎麽樣提起我來?

婀　巴達扎·巴達扎洛維奇呢?

芮　來啦，來啦!（搓手。）

高　眞要命!我以爲您說的是另外一個人。他簡直是一個十足的傻子。

芮　這是什麽意思?老實說，我眞是莫名其妙。

婀　不過他的樣子看來是很好的人。

高　是醉鬼!

芮　眞是莫明其妙。

婀　難道還是醉鬼嗎?

高　而且還是萬惡的混蛋。

芮　（高聲）喂，我並沒有請您說這種話啊。替我吹噓吹噓，誇獎一兩聲，那還可以說;可是用這種方法，說出這樣言語，除非別人，我是不敢請敎的。

高　（向傍言）這傢伙怎麽會冏頭的。（輕聲向婀，）您瞧您瞧，他都站立不住了。他天天喝得濟來倒去的。趕走他，就完了!（向傍言）鮑闊萊新還沒有來。眞是混蛋!非去痛駡他一頓不可。（下。）

第十場　嫻格發・蒂霍諾夫娜與芮瓦金。

芮　（向傍言）真是怪人！答應替我吹噓，反而駡起來了！（高聲）小姐，請您不要相信……

嫻　對不住，我有點不舒服……頭痛。（思下。）

芮　也許您瞧我有什麼不中意的地方。（指頭）您別瞧我這裏有點禿；這是不要緊的，發了瘧子後纔這樣；不久會長出頭髮的。

嫻　隨您有沒有頭髮，於我不相干。

芮　小姐……我要是穿上黑色禮服，臉色會白些。

嫻　那不於您更好嗎？再見罷！（下。）

第十一場　芮瓦金（望女背影，獨自說話。）

小姐，請您說個原因。爲什麼？什麼理由？是不是我身上有什麼重要的缺點？……走啦！這事情太怪了！這已經是第十七次了，老是一樣的結局：起初好像什麼都好，一到臨了，——就給拒絕了。（房中踱步沉思）是的……這一位確是第十七個待嫁女！究竟她要的是什麼！譬如說，她想什麼……何以會這樣的……（尋思）眞是莫明其妙！要是我有什麼地方不好看，還可以說說。（審視己身）好像並不難看：長得什麼都齊全，沒有掏屈的。眞不明白！同家去，到箱子裏翻一翻，好嗎？我有一首詩，那一個女人看了都會心軟的……眞是莫明其妙？起初好像很順利……沒有法子，祇好回頭走。能，唉，可惜，可惜。（下。）

第十二場

飽闊萊新與高慈卡塞夫（同上，向後看望。）

高　他沒有看見我們。沒見他垂頭喪氣地出門嗎？

飽　眞的他也和別人一樣被拒絕麼？

高　全拒絕了。

飽　（發出自滿的微笑）受拒絕時大概是很不好過的。

高　自然嘍！

飽　我總不信她會直說瞧我比別人好的。

高　什麼瞧你好不好！簡直愛你得了不得。那樣的愛情；不知說了多少好聽的名詞，那股熱

鮑　勁——簡直燒得滾燙。

高　（自得地冷笑）實在的，女人果眞願意，什麽話會說不出來！小狗嘴呀，小蟑螂呀，小鼠臉呀……一號子也想不出來那些名詞。

高　這些名詞算什麽！你娶過來後，一兩月內就知道會說出什麽話來；簡直老兄，要把你弄酥了呢。

鮑　（冷笑）眞的嗎？

高　你眞是老實人！現在趕快辦正事罷。你立刻就去對她說，向她求婚。

鮑　怎麽能立刻呢？你怎麽啦！

高　立刻就去……你看她自己來啦。

第十三場　上場人物與婀格费·蒂靈諾夫娜。

高　小姐，我把這人領來了，他現在站在您的面前。這樣戀愛的人，從來沒有見過，眞的從來未有過的。

故　（挂他的手密语）老兄，你似乎太那個了。

高　（向他）沒有關係，沒有關係。（輕聲向她）勇敢些，他是很老實的，努力做得大方些。轉轉眉毛，或是低垂眼睛，冷不忙攻擊這壞蛋一下，或是露出肩膀；讓這泥蛋看一看！——您趕麼不穿件短袖的衣裳？不過這也行。（高聲）兩位且請談話，我要離開一會！我到飯廳和廚房裏去看一看：已經定了酒席，跑堂的就來，要去佈置佈置。也許酒已經送來了……再見罷！（向鮑）勇敢些！勇敢些！（下。）

第十四場

鮑爾萊新與嫻格費・蒂霍諾夫娜。

嫻　請坐。

兩人落坐，默不發言。

鮑　您愛游玩嗎，小姐？

嫻　怎麼游玩？

鮑　夏天在別墅裏乘船游玩是很有趣的。

嫻　是的，有時同朋友也去游玩的。

鮑　不知道今年是怎麼的夏天？

嫻　總希望能有一個好夏天。

兩人沉默着。

鮑　小姐，您最喜歡那種花？

嫻　香味濃的花——石竹花。

鮑　女太太們是很配戴花的。

嫻　這是一件有趣的事情。（沉默）上禮拜您到那個教堂去？

鮑　到昇天教堂，再上禮拜到卡桑教堂。但是禱告在那個教堂都一樣的。那個卡桑教堂祇是裝璜好看些罷了。（沉默。鮑擊指掉噹。）快到葉答德隣果的游春節了。

嫻　大概過一個月罷。

鮑　一個月不到了。

嫻　一定是很熱鬧的一個游玩節。

鮑　今天是初八。（屈指計算）初九，初十，十一……過二十二天。

嫻　眞快呀！

鮑　今天都沒有算進去。（沉默）俄羅斯人是眞胆大！

嫻　怎麼啦

飽　那些工人們。就站在屋頂上…… 我走過一所房屋，有一個泥匠在那裏刷牆，一點也不害怕。

嫻　在什麼地方？

飽　就是每天我到衙門去的那條路。我是每天早晨上衙門的。

沉默。飽又擧指，隨仰取起帽子，鞠躬告別。

嫻　您這就要走嗎？

飽　是的。對不住得很，也許叫您厭煩了。

嫻　怎麼能呢？這樣的消遣時光，我反而要感謝您呢。

飽　（微笑）眞的我覺得我叫您討厭了。

嫻　眞是不！

飽　既然不是，一半天，晚上，請許我再來……

嫻　很好，很好。（相對鞠躬。飽下）

第十五場　婀格費・蒂霍諾夫娜（一人。）

眞是體面人物！又謙遜，又細心，我現在纔看淸楚他了，眞是不能不叫人愛他！他的朋友說得很對；可惜他老早就走了，我很想再聽他的說話。同他談話眞有趣！最可取的是他完全不說空話。我也打算對他說一兩句話，老實講，有點胆怯，心跳得厲害……眞是好人！去對嬸嬸說去。（下。）

第十六場　鮑闊萊新與高慈卡麥夫（同上。）

高　爲什麼回家？眞是胡鬧！爲什麼回家？

鮑　我留在這裏做什麼？應該說的話，全說了。

高　這麼說，你已經對她說出心事了嗎？

鮑　就除了心事還沒有說出來。

高　眞是笑話！爲什麼不說？

鮑　怎麼能不先說幾句話，忽然沒來由地說：「小姐，我要娶你！」

高　那末你們半點鐘功夫，講了什麽屁事

鮑　我們談到一切事情。說實話，我很滿意：十分愉快地消遣時光。

高　你想一想：怎麽能來得及？一點鐘就要到敎堂去結婚。

鮑　不是發瘋了嗎？今天就去結婚！……

高　爲什麽不行？

鮑　今天就結婚？

高　你自己賭過咒，自己說過，祇要把那些求婚的人趕走，——立刻就預備結婚的。

鮑　我決不食言，不過現在不行；至少要隔一個月。

高　一個月！

鮑　自然嘍。

高　你是發瘋了嗎？

鮑　少一個月不成。

高　你眞是木頭！我已經定好酒席了。喂，伊凡・庫慈米奇，別固執，好人，現在就娶罷。

鮑　老兄，你別瞎說——怎麽能現在就娶？

高　伊凡・庫慈米奇，我求求你。假如不願意爲自己，至少是爲了我，好不好？

鮑　眞是不行。

高　可以的，可以的；請你別再固執了，好人！

鮑　眞的不行！不好意思，簡直不好意思。

高　有甚麽不好意思的？誰對你說的？你自己想一想，你是聰明人；我這麽求你，並不是來承，你也不因爲你是收發主任，祇是爲愛你……算了罷，好人，決定一下罷，張開明白人的眼睛來看一下。

鮑　假使可以，我也就……

高　伊凡・庫慈米奇！愛人，好人！要不要，我給你跪下來？

鮑　爲什麽呢？……

高　（下跪）我現在跪下了！你看，我求你。一輩子不忘記你的好處，不要固執了，好人！

鮑　不成，老兄，眞是不成？

高　（怒起）蠢豬！

鮑　還是駡你自己罷。

高　瘋人！從來沒有見過這樣人的。

鮑　罵吧，罵吧。

高　我爲了誰張羅？我忙了半天，圖的是什麼？全是爲了你這傻子的好處。於我有甚麼關係？我立刻就離開你，於我有什麼相干？

鮑　誰請你張羅呢？你不管好啦。

高　你要完的，你沒有我是你做不成事的。不替你撮合，你會一輩子做傻子的。

鮑　於你有什麼相干呢？

高　你這木頭，我是爲你盡力呀。

鮑　我不要你盡力。

高　那末滾你的蛋罷！

鮑　我就走。

高　去你的罷。

鮑　我就走。

高　你去罷，你去罷，叫你出去，立刻摔斷你的腿。從心坎裏希望一個喝醉酒的馬夫，把真娘塞進你的喉管裏去，是一塊破布，不是官員！我起誓，我們從此斷交，你也別叫我看見！

鮑　不看見，就不看見罷。（下。）

高　滾到你的老朋友魔鬼那裏去罷！（開門追喊）傻子！

第十七場

高慈卡婁夫（盛氣獨自踱走。）

世界上看見過這樣的人嗎？眞是傻子！說句實在話，我也夠好的。請問一聲，我是對諸位大家說的：我是不是愚人，是不是傻子？忙忙亂亂，喊得嗓子都乾了，圖的是甚麼？請問，他是我的什麼人？是親戚嗎？我是他的什麼人？奶娘？嬸娘？丈母娘？寄母？中了什麼魔，我替他張羅，忙得要命？圖的是甚麼？管這事做什麼？眞不知道是爲了什麼！你有時候去問問一個人，爲什麼他做這件事情？眞是混蛋！眞是討厭的，下賤的面孔！抓起你這傻畜生，給你幾下，鼻子上，耳朶上，嘴上，牙齒上，——朝什麼地方都打去。（威氣裏空擊數次）可恨的是他隨隨便便的出去了，並不發愁，自自在在的，好像出水的鵝，——這眞是叫人忍受不住！你回到家去，躺在那裏，抽開旱烟管了。眞是討厭的東西！討厭的面貌有的是，但是像這種樣子，却想不出來；比這面貌再壞些是編不出來的，眞是編不出來的！不成，一定要去，偏要去把這個貨拉回來！不讓他

溜走去拉他回來！（沉默）

第十八場　婀格費・蒂霍諾夫娜（上。）

心跳得眞是難以形容。無論走到那裏，轉到那裏，總有伊凡・庫慈米奇站在面前。實在，人是逃不掉命運的。剛纔打算想別一件事情，但是隨你做什麽事，——試試去捲線，縫手袋，——伊凡・庫慈米奇會鑽到手裏來的。（沉默）現在總算巴望到變更環境了！把我領到教堂裏去……隨後叫我同男人留在一塊。喔唷！我全身抖索起來。告別罷，我的從前的處女生活。（哭）多少年過得安安靜靜的……活着，現在就要出嫁了。不知有多少關心的事：小孩呀，男孩呀，是愛打架的，要是生了女孩，長大起來，——便要打發她們出嫁。嫁給好人，還不錯，要是嫁了醉鬼，或是準備當時把一切財產押在紙牌上去的人呢？（又開始嗚咽起來）我做姑娘時還沒有來得及快活快活，纔做了不到二十七年的姑娘……（變更聲音）何以伊凡・庫慈米奇這般慢吞吞的？

第十九場　嫻格費・蒂霍諾夫娜與鮑爾萊新（鮑被高用雙手從門外推到台上。）

鮑　（口吃）我來對您，小姐，講一件事情……祇是想預先知道，您會不會覺得奇怪？

嫻　（垂眼）什麼事？

鮑　小姐，請您先說：您會不會覺得奇怪？

嫻　（仍垂眼）我不知道是什麼事情？

鮑　請您直說一下：我對您所說的話，您會不會覺得奇怪？

嫻　怎麼會覺得奇怪呢？聽您的說話，總是很有趣的。

鮑　但是這種話您還沒曾聽見過呢。（嫻眼皮更見低垂；斯時高慈卡婁夫輕擧上，立於其後。）這事情是這樣的……不如讓我下次再對您說罷。

嫻　究竟是什麼事呢？

鮑　這件事……我很想現在對您說，可是還有點疑惑。

高　（擺手自語）哎喲，老天爺，眞要命，這是什麼人，這簡直是一隻女人的舊皮鞋，不是人，却是對於人的嘲笑，對於人的諷刺。

嫻　您爲什麽疑惑？

鮑　總有點疑惑。

高　（大聲）這眞傻透了，這眞傻透了！小姐，您看他是向您求婚，想對您說，他沒有你生活不下去。他問您，能不能答應他？

鮑　（近於懼怕，推他一下，很快地說。）得啦，你怎麽啦？

高　小姐，請您決定，能不能把幸福賜與他？

嫻　我不敢說能造就幸福……不過我是答應的。

高　自然，自然，早就應該這樣。把你們的手拿來！

鮑　等一等。（欲附耳與語；高示以拳頭，並皺眉，他將手伸出。）

高　（將兩人手聯起）願上帝祝福你們兩位！我十二分贊成你們的結合。結婚那件事情是……這並不是雇一輛馬車，走到那裏去，這是另外一種義務，這種義務……不過我現在沒有功夫，以後再對你說，是什麽義務，伊凡·庫慈米奇，你應該和你的未婚妻接吻。你現在可以做；你現在應該去做。（嫻垂眼）不要緊的，不要緊的，小姐，這是應有的文章，讓他去接吻！

鮑　小姐，許我罷，現在可以許我了。（吻她，並執其手。）這般美麗的小手！您的手怎麽這樣美麗？……小姐，我現在要立刻結婚，一定要立刻結婚。

娟　怎麽立刻？這也許太快罷。

鮑　我不管！我願意立刻就結婚！

高　好呀，很有勁，眞是體面人物！說實話，我對你的將來是很有希望的。小姐，您眞的現在就去快快的換衣裳：說實話，我已經派人去叫馬車，還請了不少客人。我們現在全都一直到敎堂裏去了。我知道，您的結婚禮服是早就預備好的。

娟　早就預備好了。我立刻換去。

第二十場

高慈卡塞夫與鮑闊萊新。

鮑　老兄，謝謝你，現在我看出你的功勞來了。親身父母都不會像你這樣爲我出力的，可見你爲了交情，這樣的出力。謝謝你，一輩子忘不了你的功勞。（感動的神情）明年春天一定要到老伯墳前禮拜一下。

高　沒有什麽，老兄，我自己也很高興。你過來，我吻你一下。（吻其一頰，又吻他頰。）願你順順利利的生活下去，（互吻）豐衣足食養一大堆小孩……

鮑　謝謝你，我現在讒算明白什麽叫做生活；現在總在我面前展開了完全新穎的世界。現在我纔看出，一切在活動着，生活着，感覺着，又似乎在蒸散着，連自已也不知道在做什麽。以前我一點沒有看見，一點沒有了解，簡直就是一個毫無一點知識的人，不去細想，不去深究，像一般普通人那樣的生活着。

高　很好，很好！現在我去看一看棹子擺得怎麽樣了：一會兒就回來。（向傍言）把帽子藏起來防備着一點。（取帽攜走。）

第二十一場　鮑閣來新（一人。）

眞個的，以前我是怎麽過的了？了解人生的意義嗎？我的獨身生活有什麽好處？我的一生有什麽意義？做過什麽事情？活着？當着差？上衙門？吃飯？睡覺？——一句話，是世界上最空虛，最尋常的人。到現在纔知道一般不結婚的人是多末愚傻；仔細看看，有多少人處於這種盲目的情況之下。假使我做了皇上，要下一條諭旨，令一切人一律結婚，全國不准有一個獨身漢。試想一想：幾分鐘後你已是有家室的人了！忽然嚐到在故事裏纔會有的甜味，這味道是不能形容，無從以言語形容的。（沉默片刻後）但是無論怎麽說，好生想一想這事，似乎有點可怕。無論怎麽樣，是一生，一輩子，把自己綁牢，事後不許再有逃避與翻悔，一點也不行，——一切完結，一切做成功了。就連現在也已無法後退；一分鐘後就要到教堂去結婚；沒有法子逃走，——馬車已經候在那裏，一切都已準備齊全了。難道眞的沒有法子逃走嗎？自然是不行；門前和各處都站着人；會問你？爲什麽出去？不行，不行！啊，那邊窗開着。好不好從窗裏出去？不行，不行；有點不體面，而且也太高。（走近窗前）還不怎麽高，祇有臺階那麽高，而且還是矮臺階。不過我沒有帽子，怎麽行呢？不戴帽子去行嗎？不大合適！難道不戴帽子不行嗎？試試看，好不好？試試看，好不好！（立於窗上，說完一句「阿彌陀佛！」就躍到街上幕後驚呼與發嘆。）喔唷！！眞高！喂，馬車！

夫聲　要馬車嗎？

飽聲　謝米諾夫橋傍邊，運河街。

車夫聲　一毛錢，不說虛價。

飽聲　來罷！走罷！

雪橇出行聲。

第二十二場

（媢格發・潘雷諾夫娜衣結婚禮服，含羞垂首而入。）

媢　自己也不知道，我是怎麼會事！又害臊起來，全身抖索着。喔唷！要是這時候他正出去取什麼東西，恰巧不在屋內纔好呢！（胆怯地願望）他那兒去了？屋裏沒有人！他到那兒去了？（開前屋門，向內言。）費克拉，伊凡・庫慈米奇到那兒去啦？

費聲　他在那邊呢。

媢　在那兒呢？

費　（欲走）就坐在屋內。

媢　沒有他呀，你瞧。

費　他並沒有從屋裏出來，——我坐在前屋裏。

媢　那末他在那兒呢？

費　我不知道在那兒，也許是打別處出去，打黑梯走的，或是坐在亞里娜・潘鐵萊莫諾夫娜的屋裏？

媢　嬸嬸！嬸嬸！

第二十三場　上場人物與亞里娜・潘饒萊莫諾夫娜。

亞　（盛裝）甚麽事？

婀　伊凡・庫慈米奇在你屋裏嗎？

亞　沒有，他坐在這裏；沒有到我屋裏來。

費　也沒有到過前屋來，我是坐在那裏的。

第二十四場　上場人物與高慈卡萊夫。

高　什麽事？

婀　伊凡・庫慈米奇沒有了。

高　怎麽沒有？走了嗎？

婀　沒有，並沒有走。

高　那是怎麽會事？既沒有他，又沒有走。

費　我眞猜不到，他到那裏去了？前屋裏我老坐着，不動彈。

亞　他無論如何不會打黑梯子走的。

高　那怎麽樣呢？他不出屋子，也是無論如何不會丟的。莫非躲在那裏？……伊凡·庫慈米奇！你在那兒？算了吧！別淘氣，快點出來！這鬧什麽玩意？該到教堂去了！（向衣橱後窺望，又斜眼向椅子底下張望。），莫明其妙，他不會走的，無論如何不會走的，他一定在這裏，帽子在那間屋內，我故意把它放在那邊。

亞　女僕一直在街上，問問她，知道不知道……杜娜士卡，杜娜士卡！……

第二十五場　上場人物與杜娜士卡。

亞　伊凡·庫慈米奇在那兒？你沒有看見嗎？

杜　他從窗裏跳出去了。（婀擺手大呼。）

三人同語　窗裏跳出去了嗎？

杜　是的，一跳出去，雇了馬車就走了。

亞　你說的是實話麽？

高　瞎說，不能夠的？

杜　確是跳出去了！那個油鹽店的的掌櫃也看見的和馬車講好一毛錢的價錢，就坐車走了！

亞　（逼近高身）先生，您這是開玩笑不是？打算取笑我們，是不是？叫我們丟臉是不是？我年紀活到六十，這樣塌台的事情還沒有經過。即使您是誠實人，我也要唾您的臉。即使您是誠實人，做了這件事以後，您已是混蛋。居然當衆羞辱人家閨女！我是男子，都不會做這樣事情，而況還是貴族，您的貴族頭銜是祇能做壞事與欺騙人的！（怒引新娘同下。高呆立不動。）

費　怎麼樣？這就是會辦事的角色！說親不要媒婆！我的那些相親的，雖然都是阿毛阿狗，對不住，像這樣跳窗的角色還沒有過。

高　不對，這是瞎說；我到他家去，追他回來！（下。）

費　你去追他回來罷！你是不懂辦喜事的規矩嗎？從門裏走，還好說，要是未婚夫打窗裏溜走，——那祇好就算吹嘍。

寫於一八三三——一八四二。

赌徒

城中旅店一室。

第一場

伊哈塞夫（由旅店的僕歐阿萊克謝意和他自己的從僕茄佛留士卡伴上。）

阿　請罷，請罷！就是這間屋子！最安靜的，一點兒聲音也沒有。

伊　聲音沒有，也許馬隊出賽的馬是很多的麽？

阿　您講的是不是跳虱？請您安心罷。假使跳虱或是臭蟲咬您，那是我們的責任：我們可以担保的。

伊　（向茄佛留士卡）出去把行李從車上抬下來。（茄下。向阿萊克謝意。）你叫什麽名字？

阿　阿萊克謝意。

伊　唄，你聽着！（鄭重其事）你說一說：有什麽人在你們這裏住下？

阿　現在住的人很多。幾個房間差不多全住滿了。

伊　是些什麽人？

阿　施伏赫涅夫．彼得．彼得洛維奇，克魯格里，他是上校。還有司鉄彭．伊凡洛維奇．烏鉄士鉄里涅意。

伊　他們賭牌麽？

阿　已經連着賭了六夜。

伊　拿兩個盧布去！（塞到他手內。）

阿　（鞠躬）謝謝。

伊　以後還要多給。

阿　謝謝。

伊　他們是彼此之間賭錢麽？

阿　不，新近阿爾圖諾夫司基中校全輸給他們了。他們又從沈金侯爵手裏贏了三萬六千。

伊　再給你一張鈔票！假使你老老實實侍候，還要多賞。你老實說，是你買的牌麽？

阿　不，他們自己去買的。

伊　從誰那裏買的？

阿　從這裏的商人瓦赫拉梅金那裏。

伊　胡說，胡說，你這騙子！

阿　眞是的。

伊　好罷，我以後再同你談。（茄佛留士卡抬小箱入）放在這裏！現在你們出去，給我預備洗臉和括鬍鬚。

僕人們下。

第二場

伊哈塞夫（一人在場，開啓小箱，裏面裝紙牌多付。）

伊　這樣子眞好看！每付牌都是金子。用汗血和勞力得來的。說起來容易，那可惡的牌紋直還至今在眼睛裏恍來恍去。但是這倒底是一樣的資本。可以遺傳給孩子們！瞧這付牌，這傳家寶簡直就是眞珠！我給它起了一個名字：阿台拉意達・伊凡諾夫納。你替我好好兒做事，親愛的，像你的姊姊一樣；你也替我贏八萬，等我回到鄉下去的時候，我要給你立一座大理石的紀念碑；到莫斯科去定做。（聽到有聲音，連忙關上小箱。）

第三場　阿萊克謝意與笳佛留司卡（取水桶，面盆與手巾上。）

伊　現在這幾位先生在那兒？在家麼？

阿　是的，他們現在在大廳裏。

伊　我去看一看是何等樣的人。（下。）

第四場　阿萊克謝意與笳佛留士卡。

阿　怎麽，你們從遠處來麽？

笳　從略莊來。

阿　你們是那個省裏的人麽？

笳　不是的，我們是司莫連司克省的人。

阿　是的。那麽說起來，田產在司莫連司克省麽？

笳　不，不在司莫連司克省。在司莫連司克有一百個靈魂，在卡魯遲司卡耶有八十個。

阿　我明白，那就是在兩個省裏都有。

筎　是的，在兩個省裏。我們那裏的農僕有：伊格娜奇，發室的僕歐伯夫魯士卡，以前跟老爺出外的，還有聽差格拉西姆伊凡，也是聽差，伊凡狗夫，又是伊凡，他是音樂師，廚子格里郭里和謝崇園丁瓦魯赫，馬夫特明基，——我們有這許多人！

第五場

上場人物，克魯格里與施伏赫湼夫（兩人悄然上。）

克　我眞是怕他和我們在這裏撞見。

施　不要緊的，司鉄彭・伊凡諾維奇會攔住他的。（向阿萊克謝意）你去罷，有人叫你！（阿下。施走近筎僞留士卡身傍。）你們老爺從那兒來的？

筎　現在從略莊來。

施　田主麽？

筎　田主。

施　賭錢麽？

筎　賭錢。

施　拿一張鈔票去。（授以鈔票）你全說出來！

笳　您不會告訴老爺麼？

兩人　不，不，你別怕！

施　他現在怎麽樣，——贏麽？啊？

笳　你不認識切帕達爹夫上校麽？

施　不認識。怎麽樣？

笳　三個星期以前他賭輸給我們八萬現錢，一輛華沙式的馬車，一隻小木箱，還有地毯，金肩章……光一條金帶就值六百盧布。

施　（望克魯格里一眼，含着深意。）嚇！八萬！（克搖頭）你以爲——不乾淨麽？我們立刻打聽一下。（向笳）喂，你們老爺一個人在家裏的時候，做點什麽事？

笳　做什麽事？誰都知道他做什麽事。他既然是老爺，自然保持自己的體面：他什麽也不做。

施　你胡說，他一定手不離牌。

笳　我不能知道，我跟老爺祇有兩個禮拜，以前永遠是伯夫魯士卡跟他出外的，我們那裏還有格拉西姆，是聽差，還有伊凡，也是聽差狗夫伊凡，音樂師伊凡，馬夫特明基，最近還從鄉下叫了一個來。

施　（向克）你以爲——是賭棍麽？

克　也許是的。

施　試一試，我們到底來試一試（兩人跑下。）

第六場　茄佛留士卡（一人。）

茄　狡猾的老爺們！多謝他們賞了一張鈔票。可以給瑪德連娜買一塊包頭巾，給小孩子們買點糖吃。我眞喜歡出差的生活：老爺打發出去買點什麽，——每個盧布上總可以揩一角錢的油，放進自己的口袋裏去。你想一想，老爺們在世上活得多舒服呀！想到那裏去，就可以到那裏去！司莫連茍克住膩了，就到略莊去不想到略莊，——就到卡莊，不想到卡莊，就一直到耶洛司拉夫去。祇是我至今還不知道那一個城特殊些，——略莊呢？還是卡莊？——卡莊特殊些，是因爲在卡莊……

第七場　伊哈watermark

伊　我覺得他們並沒有什麽特別的地方。但是……我眞想剝光他們！天呀，我眞想！你瞧，居

然心都跳了。（取刷子，肥皂，坐鏡前剃鬍。）手簡直抖索，怎麽也剃不成了，

阿　你要吃點什麽不要？

阿萊克謝意入。

伊　自然，自然！你去取四人吃的涼菜來：魚子，鮭魚，四瓶酒。先給他飯吃。（指笳佛留士卡。）

阿　（向笳）請到廚房去，已經給您預備好了。

笳佛留士卡下。

伊　（繼續剃鬍）喂！他們給你多麽？

阿　誰？

伊　你不要裝傻，說罷！

阿　是的，我侍候他們，他們賞過我的。

伊　多少？五十盧布？

阿　是的。給了五十盧布。

伊　我不止賞五十，你瞧桌上放着一張一百盧布的鈔票，你取了去罷。你怕什麽？——不會害你的。祇要你老老實實，不求你別的，你明白麽？紙牌從瓦赫拉梅夫或是別的商人那

裏去買都可以，這不是我的事情，我另外給你我自己的一打。（授與封好的一張牌。）你明白麽？

阿　怎麽會不明白？請您放心，這是我們的事情。

伊　牌好生藏起來，不要給人家找到，或是看到。（放下刷子和肥皂，用手巾擦臉，阿萊克謝意下。）很好，很好，老實說，我眞想騙他們一下。

第八場

施伏赫涅夫，克魯格里與司鐵彭・伊凡諾維奇・烏鐵士鐵里涅亞。（同上，鞠躬。）

伊　（迎上去對他們鞠躬）對不住，你們瞧，這屋子不大强：一共祇有四隻椅子。

烏　主人和藹的歡迎比一切陳設珍貴。

施　我們要結交的是好人們，而不是房屋。

烏　這是實在的。沒有朋友我是活不下去的。（向克魯格里）你記得我到這裏來的時候多末孤單呀。你想一想：居然一個朋友也沒有，老闆是一個老太婆，一個洗地板的女人，天然的鮑物，在樓梯上面我一看，有一個阿爾美尼亞人在她身傍胡纏，顯然餓得慌了……一句話，那是死一般的沈悶。忽然命運打發了他來，以後機會又把他領來。……我纔高興了。我若是沒有親密的朋友，連一點鐘，連一點鐘也住不下去。我準備將心靈裏的一切對每個人都講出來。

克　老兄，這是你的缺憾，不是你的德性。過猶不及，你一定許多次受過人家的騙。

烏　是的，時常被騙，時常被騙，永遠受騙。可是叫我不對人開誠布公，終歸辦不到。

克　老實話，和一切的人都開誠布公，對於我是無從瞭解的。至於友誼——那是另外一件事情。

烏　是的，然而人是屬於社會的。

克　那是屬的，却不是整個的。

烏　是整個的。

克　不是整個的。

烏　是整個的。

克　不是整個的。

烏　是整個的。

施　（向烏）老兄，你不必爭辯：你的話不對。

烏　（生氣）不，我可以提出證明。這是義務……這，這，這是責任！這，這，這……

施　談天談出事來了！興奮到如此：他所說的頭兩句話還可以明白，以下就一點也非不明白。

烏　我不能，我不能！如果這事和義務或責任相關，那我就會一點也不明白的。我尋常總是預先聲明：『諸位，如果談到這類的話，對不住，我會忘其所以，眞是，我會忘其所以的。』好像有點薄醉的樣子，好像膽汁在裏面沸騰，一直的沸騰。

伊　（自言自語）朋友，不對！我們知道那類一說到『義務』就忘其所以，而且十分興奮的人們。你的膽汁也許會沸騰的，祇是不在這件事情上面。（出聲）怎麽樣，諸位，我們先把神聖的義務拋開不談，坐下來做莊好不好？

在他們談話時，早飯在桌上擺好。

烏　好罷。假使不是大賭，爲什麽不來呢？

克　對於淸白的娛樂我是永遠不辭的。

伊　此地旅店裏有沒有牌？

施　有的：儘管吩咐好了。

伊　拿牌來！（阿萊克謝書在牌桌傍張羅）諸位，先請用一點！（手指涼菜並走近過去。）

　　鱘魚好像不大那個，魚子還麻麻胡胡。

施　（將一塊菜送進口內）不，鯡魚還那個。

克　（同樣姿勢）乾酪很好。魚子也不壞。

施　（向克）你記得兩禮拜以前我們吃過多末好的乾酪？

克　不，我一輩子也不會忘記我在彼得·阿歷山大洛維奇·阿歷山大洛夫那裏吃過的乾酪。

烏　乾酪什麽時候最好？它的好處就在吃了一餐飯以外再加上一頓，——它的真正的意義就在於此。它好像一位善心的軍需官，說道『歡迎諸位，還有的是地方。』

伊　歡迎諸位，牌放在桌上了。

烏　（走近牌桌）桌是老朋友，久違了！你聽，施伏赫湼夫，這不是牌有許多年……

伊　（向傍言）你算了罷，裝什麽腔！……

烏　您想做甚麽？

伊　不大的莊，五百盧布。請洗一洗，好不好？（分牌。）

起始賭博發出呼喊的聲音。

施　4和愛司——兩樣各押十個盧布。

烏　老哥，你把那付牌遞給我：我要靠我們省城紳董長夫人的運道，選一張牌出來。

克　請加上9。

烏　施洛赫迫夫，把粉筆取來。我來記數。

施　見鬼，來了三倍！

烏　五個盧布的補注！

克　等一等，等我看一看，好像還有兩個3在牌裏。

烏　（從座位上跳起來，自言自語。）見鬼，這裏面有點不對勁。這顯然是別人家的牌。

賭博起始了。

伊　（向克）請問您：兩面都下麽？

克　兩面。

伊　不加注麽？

克　不。

伊　（向施）您爲什麽不下注？

施　讓我等下一付再下。（從椅上立起來，匆遽走近烏身傍，迅速說話。）老兄，糟糕！他只會欺騙，只行第一等的賭棍！

烏　（慌急）難道要放走八萬麽？

施　旣然沒有法子取，也祇好放棄。

烏　這還是問題呢。我們先來同他解釋一下！

施　怎麽？

烏　對他直說一切。

施　爲什麽？

烏　以後說出來。我們去。（兩人走近伊哈宴夫身傍，拍他的兩肩。）

烏　您何必把子彈往空裏射放！

伊　（抖慄）怎麽？

烏　有什麽可講的，自己的人難道不知道自己的人麽？

伊　（客氣）請問：這話是什麽意思？……

烏　簡直不必再說什麽話，再來什麽客套。我們看到了您的藝術。我們是極懂道理的。所以我代表我的同夥的人們，對您提議締結友善的聯盟。我們如果把我們的知識和資本聯合在一起，我們做出來的事情比分散開來還要順利些。

伊　我應該了解您所說的話合理到什麽程度？……

烏　到這個程度；那就是用誠懇補償誠懇。我們老實對您說，我們約好了使您輸得精光，因爲我們把您認作普通的人。但是現在我們看出您是熟悉最高妙的秘密的。您願意接受我們的友誼麽？

伊　這種善意的提議是無從拒絕的。

烏　那末我們每人互相握手，（大衆依次和伊哈婁夫握手）從此以後一切都是公共的；裝假和客套應該放在一邊！請問：您從什麽時候起始研究這深奥的知識？

伊　老實說，我從最年輕的時候就有志於此道，學校裏面一面聽教授的講課，一面就在板凳下面和我的同學們賭錢。

烏　我也是這樣猜想的。這樣的藝術不從脆弱的少年時代起始實驗是不能取得的。施伏

伊　赫追夫，你記得那個不尋常的小孩麼？

烏　什麼小孩。

施　你說呀！這類的事情我是永遠不會忘記的。他的姊夫，（指烏鐵士鐵里迫意）安得烈・伊凡諾維奇・柏德金對我說：『施伏赫追夫，您要不要看一個奇蹟？一個十一歲的男孩，伊凡・米哈洛維奇・庫倍塞夫的兒子，那種偷牌的手段，那一個賭徒都不及。你可以到切邱塞夫司基縣裏去看一看！』老實說，我立刻就到切邱塞夫司基縣裏去了。我打聽到了伊凡・米哈洛維奇・庫倍塞夫的村莊，一直到他家裏去。我吩咐僕人通報。一位年高的人走出來。我自己介紹，說道：『對不住！我聽說上帝賞賜給您一位不尋常的兒子。』——他說：『是的，我承認。』（他那種不帶一切要挾和遁辭的樣子我很喜歡。）他說：『是的，固然父親誇獎自己的兒子未免不合體貌，但這實在多少是一個奇蹟。米莎！』——他說，——『你到這兒來，把你的藝術獻給客人看一看！』那個男孩，簡直還是嬰孩，夠不到我的肩膀，他的眼睛裏也沒有什麼特別的地方。他起始洗牌，——我簡直慌亂了。這是無從描寫的。

伊　難道一點也看不出來麽？

施　一點，一點痕跡也沒有！我瞪住兩隻眼睛看的。

伊　這眞是不可思議！

烏　異人，異人！

伊　我以爲必要的知識是建築在眼睛的尖鋭上面，必須注意研究紋畫……

烏　現在這是很容易的。現在紋畫和記號不大用了。現在大家努力研究鍵符。

伊　那就是圖畫的鍵符麽？

烏　是的，後面的圖畫的鍵符。在一個城裏，什麽城，我不願意說出來，——有一個體面的人除了做這種事情以外，別的什麽也不做。他每年從莫斯科收到幾百付紙牌，——誰寄去的，這是蒙在祕密裏的。他的職務就在於弄淸楚各種紙牌的紋畫，而把鍵符送出去。例如說，在2上的圖畫是如何的！在這張牌上是如何如何的！他單單做這一件事情，每年可以收入五千現錢。

伊　這是重要的事情。

烏　也應該如此。這是經濟學上所謂分工啊。好比車匠一樣：他不會把整個馬車由他一人自己做的他應該把一部份的工作交給鐵匠和裝飾匠去做。人類的生活不這樣不成。

伊　請問您一下：你們以先用什麼方法把那付牌替上去，對僕人們行賄不是每次都辦得到的。

烏　阿彌陀佛！這個危險得很。有時這等於出賣自己。我們不是這樣做法的。我們有一次這樣做了。我們的一個夥計來到市集上，借用商人的名義，住在城裏一家酒店裏面。舖子還沒有租妥，箱子和布包暫時放在房間裏面。住在酒店裏化錢吃喝，忽然失踪了，不知道到那裏去，還沒有付清帳目。老闆在屋內搜尋了一下，看見有一包東西放在那裏；一打開，——原來是一百打紙牌。自然立刻就把紙牌拍賣出去比市價便宜一個盧布，商人們立刻搶着收買；四天以內全城的人都輸得精光。

伊　這是很巧妙的。

施　還有那個田主呢？

伊　那個田主怎麼樣？

烏　這件事情也做得不壞。不知道你認識不認識，有一個田主，名叫阿爾卡基·安得列維奇·烏爾頁諾夫，是極富的人。他賭着一手好牌，非常的誠實，沒有辦好：他自己監督一切的家務，他家裏的僕人教育得像宮中的侍從，房屋和宮殿一般，村莊和花園全做照英國的式樣；一句話，是完全十足的俄國貴族。我們住在那裏三天。怎麽樣下手呢？——簡直是不可能。後來想出了方法。一個早晨有一輛駕三匹馬的馬車從院傍駛過。車上坐着一些年輕的人。大家喝得爛醉，高聲唱歌，吵得滿天響，照例過到這類好看的玩意是整隊的僕役全跑出來看的。大家張着嘴大笑。後來看見有一件東西從車上落下來；他們跑過去，一看是一隻箱子。他們揮手喊：『停車！停車！』沒有人聽見，車子飛馳得道上祇留下了灰塵。——他們把箱子打開，一看有內衣一件衣裳，二百廬布，和四十打的紙牌。自然他們不願意拒絕收下金錢，紙牌就送到主人的桌上去，第二天晚上，所有的人們，連主人和客人都在裏面，口袋裏一個小錢也沒有剩下，莊局就此了結。

伊　眞巧妙！這種玩意人家叫做欺騙！還有各樣相類的名詞，其實這是細巧的聰明，一種發展。

烏　這些人們不了解賭博的意義。賭博裏是沒有所謂偏袒的。卽使我父親坐下來同我賭，——我也要使父親輸得精光。最好是不坐下來！到了場上，大家都是平等的。

伊　他們不明白賭徒也可以成爲極正直的人。我知道有一個人賭錢的時候性好欺騙，做些不乾淨的勾當，但是他可以把身邊最後的一個小錢捨給乞丐，同時他怎樣也不會拒絕三個人聯串着，使一個人輸得精光。但是諸位，我們既然都公開出來，我來對你們表現一件奇怪的東西。你們知道不知道所謂複牌，或攙牌，這付牌每張我在離得遠遠的時候都能猜到的。

烏　我知道，但這也許是別種樣子的。

伊　我可以對你們誇口，你們在那裏也找不出同樣的東西。差不多費了半年的功夫。以後我有兩個禮拜不能在陽光下面看；醫生怕我的眼睛發炎。（從木箱內取出）就是這付牌！你們不要生氣，我會給它起了一個名字，當人一般看待。

烏　怎麽？名字麽？

伊　名字叫做：阿台拉意達·伊凡諾夫納。

烏　（笑）稱呼這付牌阿台拉意達·伊凡諾夫納。我甚至認為這是很巧妙的。

施　妙極了：阿台拉意達·伊凡諾夫納很好！很好！

烏　阿台拉意達·伊凡諾夫納！居然是一個德國女人！喂，克魯格里，這是你的妻子。

克　我那裏是德國人？我的先祖是德國人，但是他連德國話也不會說。

烏　（審視紙牌）這眞是寶物。是的，一點痕跡也沒有。無論什麽牌你都能在無論什麽距離之下猜到麽？

伊　我可以立在離你們五步遠的地方，喊出每張牌來。我可以掏出二千盧布來，若是有錯誤的話。

烏　這是什麽牌？

伊　7。

烏　對的。這張呢？

伊　J。

烏　見鬼，對的！這張呢？

伊　3。

烏　不可思議！

克　（聳肩）不可思議！

施　不可思議！

烏　讓我再仔細看一下。（審視牌）奇怪的事情！値得給它起一個名字。但是您應該注意，

伊　這付牌是難于使上的。同完全沒有經驗的人們可以來一下，因爲必須自己調換的。這祇是在賭博到極熱鬧的時候可以用上的，那時候賭博已達到了使最有經驗的賭徒都變成不安靜的。一個人祇要有點慌張失措，什麼事情都可以在他身上做到的。你們知道在最好的賭徒身上時常會發生所謂賭昏的情形。連上賭了兩天兩夜，不得睡覺，——那就會賭昏的。我在賭博的時候，永遠會調換紙牌。這裏的秘訣是逢到人家與奮的時候，你應該保持冷靜的態度。至於移去別人注意力的方法有一千多種。祇要對隨便那一個賭客胡纏一下，說他記數得不對；衆人的眼睛全投到他的身上，那時候就可以把牌調換了。

烏　我看您除去藝術以外還具有冷靜的態度，——這是頂要的事情。我們能夠和您結交，現在對於我們意義更見重大了。我們不必儀講禮貌，把一些多餘的客套話拋開，用「你」字來互相稱呼。好不好？

伊　早就應該這樣。

烏　來人呀！取香檳酒來記念親善的聯盟！

伊　這眞是值得痛飲一番的。

施　我們大家聚在這裏，預備做一番事業，我們大家手裏有的是武器，也有力量，祇缺少一樣……

伊　是的，是的，祇缺少可以使我們進攻的堡壘，這眞是糟糕！

烏　有什麽辦法？敵人暫時沒有。（釘視施伏赫涅夫）什麽？你的臉似乎想說你有敵人。

施　是有的……

烏　我知道你指的是誰。

伊　（活潑起來）指誰，指誰？那是誰？

烏　胡鬧，胡鬧！他想出些空虛的事情。你瞧，這裏住着一個外面來的田主，名叫米哈意爾·阿歷山大洛維奇·格洛夫。他決不肯賭博的，去提他做什麽？我們已經在他身上忙了許多時候。我有一個月盡侍候他；和他發生了友誼，還取得了他的信任，但是一點也沒有法子可想。

伊　可以不可以同他見一面？也許，誰知道……

烏　我預先說這是白費的努力。

伊　我們再試一試，再試一次。

施　你至少把他領進來就是了！不成功就是談一談，也沒有什麽。爲什麽不試一試呢？

烏　我沒有什麽關係，我可以領他來的。

伊　現在請你就領他來罷！

烏　好的，好的！（下。）

第九場　上場人物（涂烏鐵士鐵里涅意。）

伊　眞是誰知道呢？有時候事情看來是完全辦不到的……

施　我也是這個意見。因爲我們所交接的不是神，而是人；人總還是人。今天不，明天不，後天不？第四天上你再好生攻上去，他會說：「是」的。有的時候他裝出他不可侵犯的樣子，但是仔細看一看，就看出你白白地驚慌了一陣子。

克　但是這位可不是這樣的。

伊　唉，說成局纔好呢！……你們無從置信，現在我的心裏生出多少對於積極活動的渴望，你們應該知道，我在上月內從切帕達寥夫上校手裏贏了八萬。從那時候起，我有整整一個月沒有生意。你們想像不到，這些日子我眞感到沈悶。沈悶死般的沈悶！

阿　我明白這情形。這就等於一位元帥，在沒有仗可打的時候，應該有什麼感覺？這簡直就是運定的休息時間。我從我自己身上知道，這不是鬧玩的事。

伊　你信不信，甚至祇要有人下五個盧布的注，——我都準備坐下來賭一賭。

施　自然嘍。有時候極巧妙的賭徒竟會輸錢的。他一發悶，沒有工作可做，竟會在煩惱中擲到了一個所謂光蛋，——不明不白地倒輸給他！

伊　這個格洛夫有錢麼？

克　有的是錢。好像有一千多靈魂。

伊　唉，見鬼，最好灌醉他，叫他們拿香檳酒上來，好不好？

施　他是滴酒不入的。

伊　這種人有什麼辦法？怎麼樣和他接近？但是我總想……賭牌是可以受誘惑的事情。我以為，假使他能坐到賭牌的人傍，以後他會忍不住的。

施　我們試一試看。我們同克魯克里在這裏賭極小的牌。但是不要對他顯露多大的注意：老人都是疑心重的（他們坐在一傍打牌。）

第十場

上場人物，烏鐵士鐵里涅意與米哈意爾・阿歷山大洛維奇・格洛夫（一個年邁的人。）

烏　伊哈寥夫，我對你介紹這位是米哈意爾・阿歷山大洛維奇・格洛夫。

伊　老實說，我早就在尋覓這個結識的榮幸的機會。我們同住在一家旅店裏……

格　我們的相識也使我感到十分愉快。可惜是這事發生在差不多我將動身以前……

伊　（遞給他椅子）請坐！……你早就住在這城裏麼？

烏鐵士鐵里涅意，施伏赫涅夫和克熱格里三人偶語。

格　先生，這個城市眞叫人住膩了。在身體和靈魂兩方面都喜歡早日脫離這地方。

伊　是事情留住您麼？……

格　事情，事情！事情這些事情眞累死人了。

伊　大概是打官司的事情麼？

格　不，不幸而不是打官司，然而到底是極困難的事情。我快要嫁女兒，十八歲的姑娘。你明白不明白父親的地位？我現在進城來置辦各樣東西，主要的是抵押田產。事情全都了結，然而公護局至今沒有發出款子來。完全白白地住在這裏。

伊　請問：您的田產押了多少錢？

格　二十萬。前幾天就應該發下來的，但是竟延擱起來。我在這裏住得眞厭煩死了！本來想短期離開家庭。女兒已經做了新娘。一切事情都在等候着……我決定不能再等，祇好拋棄一切。

伊　那末連錢也不想再等候了麽？

格　有什麽法子，先生？您仔細審查一下我的地位：我已有一個月未和妻子和孩子們相見，信也沒有接到；不知道那邊情形如何？我吩咐小兒留在這裏，把一切事情委託他去辦，我眞是麻煩得膩死了。（向施伏赫涅夫與克魯格里）諸位，你們在這裏做什麽事情？我好像妨礙你們：你們剛纔在那裏做什麽事情？

克　無聊的事情。這不過是因爲無事可做，想着耍兩下罷了。

格　似乎好像押莊呢！

施　什麽押莊！爲了消遣時光起見，做小注的押莊。

格　諸位，請你們聽我老頭子一句話，你們全是年輕的。自然這裏沒有什麽壞的地方，多半是爲了消遣起見，小注的賭博本來不會輸去許多錢，這一切是對的；但是有點不那個

施　……諸位，我自己也賭過錢！有點經驗。世上的一切起始的時候總是極小極小的一件事，但是一轉眼間，小數的賭博恰巧會弄成極大的輸贏。（向伊哈婆夫）老頭子又嘮叨出那一套話來了。（向格洛夫）您瞧，您立刻會把一切無聊的玩意按上一個重要的結果，——這是老人們普通的脾氣。

格　但是我還不是很老的人。我從我的經驗加以判斷。

施　我說的不是您；但是一般的老人都有這一套的：例如說，他們在什麽東西上受了没痛，他們將深信別人一定也會在這上面受痛的。假使他們在一條路上走着，一不小心，在霜冰上摔了一交，——他們就喊嚷起來，定出一條章程，就是在某條路上任何人都不能走路，因爲在這條路上的一個地方有些霜冰，每個人一定要跌破額角的，怎麽也不肯注意到別人也許不致于這樣大意，他們的靴底不見得也是那樣的滑。不，他們是不想到這層的。狗在街上咬了人，——所有的狗全會咬人的，因此誰也不應該上街去。

格　是的，先生。在一方面眞有這種情形的。但是那些青年人也是可以的！他們跑得太快，一轉眼就會摔斷頸骨的！

施　我們總歸没有中庸之道。年輕的時候儘發瘋，使別人受不了，一老就裝做僞君子，還是別人受不了。

格 您對於老人懷着不佳良的意見。

施 什麽叫做不佳良的意見?這是實話,別的沒有什麽。

伊 容我說一句:你的意見太激烈……

烏 關於賭博一層,我和米哈意爾·阿歷山大洛維奇完全同意。我自己也賭,賭得很厲害,但是感謝命運已經永遠拋手,——並不是因爲輸了錢,或是和命運作對;您信不信,這還不要緊,輸錢並不重要,而重要的是心靈上的安甯。無論是誰,單單在賭博時感到的那種慌亂,顯然可以縮短我們的生命。

格 實在是的,先生!您的見解眞聰明,容我對您提出一個不客氣的問題:你我已經相識了許多時候,而至今……

烏 什麽問題?

格 雖然這是難於啓齒的話調,但是請問你:您貴庚呀?

烏 三十九、

松 你們想一想!祇有三十九歲麽?還是一個青年人。我們俄國,假使能多得些這樣懷着聰明見解的人，那纔好呢！老天爺，那纔好呢！簡直到了黃金時代，仙界。眞是的，我眞是感謝命運，我能和您相識。

伊　您信不信，我也贊成這意見。小孩們我是不許他們玩牌的。但是有理智的人們爲什麼不消遣消遣，爲什麼不尋尋開心呢？例如說，一些年高望重的老人，已經不能跳舞的老人？

格　對是對的。但是您信不信，我們的一生有許多快樂，許多所謂神聖的責任。諸位，請你們聽我老人一句話！家庭生活，家庭團聚，是人生最具有意義的事，這包圍着你們的一切，這一切全是慌擾，眞的全是慌擾；至於直接的幸福你們是嘗不到的。以我來說罷，你們信不信，我的想見家人的心，眞是一分鐘也不能等候，眞是的！我設想一下：女兒掛在頸上：「我的爸爸，親愛的爸爸！」兒子也從中學內回家……有半年不見面……簡直沒有話可以形容：眞是這樣。人到了這種地步是不想看一看牌的了。

伊　但是何必把家人父子的感情和賭牌相混？慈愛的情感是一件事情，賭牌是另一件事情……

阿萊克謝意　（入場後向格）您的底下人請示：皮箱要不要抬出去？馬車已經預備好了。

格　我立刻就來！對不住，諸位，我要離開你們一分鐘。（下。）

第十一場　施伏赫涅夫，伊哈容夫，克魯格里，烏鉄士鉄里涅意。

伊　一點希望也沒有！

烏　我以前就說過了。我不明白您怎麽看不出人來。祇要看一眼！就可以知道，他是沒有賭博的心思的。

伊　最好大家都好生攻上去。爲什麽你又附和他的話？

烏　老兄，不這樣是不成的。對付這類人應該用細膩的功夫，否則他會猜到人家想暗算他。

伊　結果怎麽樣呢？還是要走，——一樣的。

烏　等一等，事情還沒有完結呢。

第十二場　上場人物與格洛夫。

格　諸位，多謝你們給我愉快的友誼。我單是覺得可惜，立刻要和你們分手。然而也許以後有機會可以再在什麽地方見面。

施　大概是的，道路將得平平的，人推來推去，怎麼不會撞見呢？祇要機會湊巧。

格　眞是的，這話是實在的！祇要機會湊巧，明天就能相見，——這話是完全實在的。再見罷，諸位！多謝你們！我眞感謝您，司鐵彭·伊凡諾維奇，眞感謝您：您解去我不少的岑寂。

烏　不要客氣。我能效勞的，已經效勞過了。

格　既然您有這樣的好意，還請您再幫一下忙！可以不可以請求您？

烏　幫什麼忙？說罷！隨便什麼，我都準備做的。

格　好叫我做父親的老人安心！

烏　什麼事？

格　我把薩沙留在這裏。一個美麗的小孩子，善良的靈魂。但是到底靠不住：祇有二十二歲。這種歲數算得了什麼？差不多還是小孩。……學校畢業了以後，什麼事情也不想做，做驃騎兵。我對他說：「薩沙，還早，你等一等，先看一看！你爲什麼要當驃騎兵？誰知道，也許你有當文官的傾向。你還沒有看見世面，你有的是時間！」……你知道，年輕人的天性如此。他覺得驃騎兵身上一切都是雪亮的，鍍金的邊，闊綽的制服。您對他有什麼法子可想！嗜好是無從加以壓制的。……所以請您多多做好事，司鐵彭·伊凡諾維奇！他現在祇剩了一個人；我委託他做一點事情。青年人是什麼事情都會發生的。爲的是使公護局的人員不要哄騙他……難免出什麼事……所以請您保護他監督他的行動，阻止他做壞事。費心得很，先生！（拉他的兩手。）

烏　好罷，好罷。凡是父親對於他的兒子應該做的一切，我全可以對他做的。

格　好極了！（相抱接吻）一個人的心腸好是一眼可見的，眞是的！上帝會賜恩到您身上的！再見罷，諸位，我從心腑裏盼望你們幸福地留在這裏。

伊　再見罷，一路平安！

施　希望你府上都平安！

格　多謝你們，諸位！

烏　我送您到馬車那裏，看您坐上去！

格　先生，您太費心了！（兩人下。）

第十三場　施伏赫迴夫，克魯格里，伊哈密夫。

伊　小鳥兒飛走了！

施　是的，否則可以賺他一票。

伊　說實話，當他說到二十萬的時候，——我的心竟抖索了。

克　這種數目，在心裏想一想也是甜蜜的。

伊　祇要想一想，這許多錢白白地丟失，完全沒有一點益處！他手裏有了這二十萬作什麽用？就會隨便用去，買些亂七八糟的衣裳。

施　全是些不值錢的破爛東西。

伊　世界上有多少錢就這樣沒有流通，隨便的損失！有多少死資本就像死人一般，放在典當裏面！眞是可惜得很。我祇要有像在公議局裏存放的那點錢就夠了。

施　有一半我就滿足了。

克　有四分之一我也可以滿意的。

施　不要撒謊，德國人；你會希望多得些。

克　我是誠實的人……

施　你會騙人的。

第十四場　上場人物與烏鐵士鐵里涅意。（匆上，臉色喜悅。）

不要緊，不要緊，諸位！他走了，鬼更好，祇剩下了一個兒子。父親留給他一張委任證書，委託他向公護局領款，管理一切未了的事務。他的兒子是一個好漢，儘想加入驃騎隊。這是一個撈錢的機會！我立刻就去把他領來。（跑下。）

第十五場　施伏赫涅夫，克魯格里，伊哈塞夫。

伊　這人眞能使人安慰？

施　好極了！這事情取得了極妙的轉變！

　　大家喜極搓手。

伊　烏鐵士鐵里涅意眞是好漢！現在我明白他爲什麽鑽到父親身傍，和他敷衍。這眞是巧妙，這眞是精細！

施　他具有不尋常的天才！

克　不可思議的才能！

伊　老賢甥，父親一說他要把兒子留在這裏，我的腦筋裏就閃出一個念頭，祇是一刹那的功夫，而他立刻就……眞是聰明！

施　你還沒有深知道他呢。

第十六場

（上場人物，烏鐵士鐵里涅意，格洛夫阿歷山大・米哈洛維奇，青年人。）

烏　諸位！我介紹一下：阿歷山大・米哈洛維奇・格洛夫，極好的朋友！請愛他，和愛我一般。

施　很喜歡……（和他握手。）

伊　和您結識是我們的……

克　我們很願意和您結成好友，

格　諸位！我……

烏　不要來客套，不要來客套。平等是最要緊的事情，諸位！格洛夫，你瞧，這裏全是好朋友，所以把一切儀節全拋開！改用『你』的稱呼！

施　改用『你』的稱呼！

格　改用『你！』（和大家握手。）

烏　是的!妙極了!來人呀!取香檳酒來!諸位,你們看,他現在就已經看得出驃騎兵的樣子來了!你的父親,不是我說一句不好聽的話,眞是大畜生,對不住,——我們彼此已經用『你』作稱呼了,——這樣的好漢怎麽竟斷送在文墨的工作上面?老弟,令姊的喜期快了麽?

格　她的喜事眞是麻煩極了。我的父親爲了她竟把我在鄉下扣了三個月,眞是可恨。

烏　喂,你的姊姊好看麽?

格　眞好看……如果她不是我的姊姊,我決不放過她的。

烏　妙極,妙極,驃騎兵!立刻看出驃騎兵的樣子來了!假使我想把她私自帶走,你能幫我的忙麽?

格　爲什麽不能?可以幫忙的。

烏　妙極了,驃騎兵!這纔叫做眞正的驃騎兵!來人呀!取香檳酒來!這很合我的胃口,我最愛這類坦白的人。等一等,讓我抱你一下!

施　讓我也抱你一下。(抱他。)

伊　讓我也來抱他。(抱。)

克　既是這樣，我也要抱。（抱。）

阿來克謝慾取酒瓶上，手指扶住軟塞。軟塞拍的一響，飛到天花板上面。他斟酒。

烏　諸位，祝未來的驃騎軍官的幸福！願他成爲第一個勇士，第一個浪子，第一個酒鬼，第一個……總而言之他想作什麽，就是什麽！

衆人　他想作什麽，就是什麽！（飲酒。）

格　祝驃騎營全體的健康！（舉杯。）

衆人　祝驃騎營全體的康健！（飲酒。）

烏　諸位！現在應該使他明白驃騎營裏的一切習慣。看起來他還能勉強喝幾杯；然而這是小事：他必須成爲强有力的賭徒！你會賭莊麽？

格　會的，眞想賭，就是沒有錢。

烏　沒有錢是不相干的！祗要坐下來，帶一點錢，就會有錢，立刻贏的。

格　但是坐下來，就沒有錢。

烏　我們可以賒賬的。你身邊有一張向公護局領款的委任證書。我們可以等一等；祗要你一領到，就可以付給我們，你先給我們一張借據。但是我說的是什麽話？好像你一定會輸的！你也許會贏好幾千現錢。

格　輸了怎麼辦呢？

烏　可羞，可羞！這樣子，你還成爲什麼驃騎兵？自然，兩樣中間總有一樣的：不是贏，便是輸。本來事情就是這樣的，主要的意義就在於冒險。不冒險的事是誰都能做的；就是僕人也會生出勇氣，猶太人也會爬到砲壘上去的。

格　（搖手）管它罷！既是如此，我就來賭一下！我儘顧着父親做什麼！

烏　妙極了，驃騎兵！來人呀！拿紙牌來！（給他斟酒）主要的是需要什麼？——需要勇氣，突擊，力量，……就這麼辦，我來做二萬五千的小莊。（向左右分牌）驃騎兵……施伏赫涅夫，你押什麼？（分牌）牌勢奇怪得很！數起點子來眞有趣！Jack 被吃了，9 到贏了。你是什麼？4 也輸了！驃騎兵，驃騎兵怎麼樣呢？伊哈寥夫，你瞧他把注兒抬高得多末熱辣？愛司還沒有出來。施伏赫涅夫，你爲什麼不給他斟酒？來了，來了，愛司來了！被克魯格里搶去了。德國人永遠有好運道！4 贏了 3 也贏了。妙極了，妙極了，驃騎兵！你看見沒有，施伏赫涅夫驃騎兵已經贏了差不多五千。

格　（折彎紙牌）鬼來三倍！那邊的 9 還在桌上，來呀，押五百盧布的補注！

烏　（繼續分牌）驃騎兵眞是好漢？被吃去……不行！來呀！來呀！好，驃騎兵輸了。老弟，那有什麼辦法？不會每戰必勝的！克魯格里，你不必做算賬！就押上那個數目妙極了，驃騎兵又贏了！你們爲什麼不向他道賀？（大家飲酒，和他碰杯道賀。）人家說鏈形的皇后永遠出賣人家的，我可不這樣說……施伏赫鋥夫，你記得不記得那個黑髮的女人，你稱呼他鏈形皇后的？現在她在那裏？一定受罪了！能克魯格里，你的牌被吃了！（向伊）你的牌也輸了！施伏赫鋥夫，你的牌也輸了；驃騎兵也完了！

格　鬼，來一個孤注！

烏　妙極了，驃騎兵！眞正的驃騎兵的脾氣被作出來了！施伏赫鋥夫，你知道不知道，眞正的情感永遠會向外發洩的？以前可以看得出他將成爲驃騎兵，現在看出他已經是驃騎兵了。本性就是這樣的……驃騎兵又輸了。

格　孤注！

烏　驃騎兵眞妙極了！五元的孤注！這眞叫做寬宏大量，你去找一找，——從那裏找得到這種性格？……這眞是偉大的功勞！驃騎兵又完了。

格　再來孤注，再來孤注！

烏　你這個驃騎兵！十萬的孤注！瞧這人！瞧他的眼睛，那小眼睛！你看，施伏赫浞夫，他的眼睛像火燒一般看出來是英雄的氣概！皇上還是沒有。紅菱形的皇后給你拿去，施伏赫浞夫德國人，你拿去，把這7吞吃下去！一張根本必勝的牌！一張點子不多的牌！這付牌裏顯然沒有皇上與奇怪得很。啊！他來了，他來了……驃騎兵又完蛋了！

格　（興奮）再來孤注，再來孤注！

烏　不行，老弟，等一等！你已經輸了二十萬。你應該先付錢，不付錢是不能賭下去的。我們不能相信你到這樣程度的。

格　我的錢在那兒？我現在沒有錢。

烏　出一張借據，簽一個字。

格　好罷，我遵辦。（取鋼筆。）

烏　把領款的委任證書也交給我們。

格　委任證書拿去罷。

烏　現在請你簽字，這樣簽。（迫他簽字。）

格　好罷，我準備履行一切。我現在簽好了。讓我們再來賭！

烏　不行，老弟，等一等；先把錢拿出來看一看！

格　我會給你們錢的，你們放心好了。

烏　不行，老弟，錢放在桌上！

格　這是什麼？……這簡直是卑鄙的行爲。

克　不，這不是卑鄙的行爲。

伊　不，這完全是另一件事；機會不會平等的。

施　你顯然是想坐下來就贏我們。這件事情很顯明：誰坐下來不帶錢，是坐下來就預備一定贏的。

格　那有什麼？你們是什麼意思？你們儘管要多少利息，我都遵辦。我可以加倍還你們。

烏　要你的利息做什麼用？我們自己準備付出隨便多少利息，祇要有人肯借給我們。

格　（絕望和堅決的精神）那末你們說句最後的話：你們不打算賭下去麼？

施　錢拿來，立刻就賭。

格　（從口袋內掏出手槍）再見罷，諸位！你們不能再和我在這世界上相見了。（持槍跑下。）

烏　（驚惶）你！你！你怎麼啦？發瘋了麼？跑去追他！不要真的自殺了！（跑下。）

第十七場

施伏赫涅夫，克魯格里，伊哈密夫。

伊　假使這小鬼眞想自殺，會出亂子的。

施　見鬼，讓他自殺去好了。但是現在不能死；錢還不在我們的手裏。眞是糟糕！

克　我眞怕。這是會發生的……

第十八場

上場人物，烏鐵士鐵里涅窩與格洛夫。

烏　（抓住格洛夫持手槍的手）你怎麽啦？你怎麽啦？老弟，你發瘋了麽？你們聽着，你們聽着，諸位，他已經想把手槍放進嘴裏去了。眞可羞！

衆人　（圍住他）你怎麽啦！你怎麽啦！

施　還算是一個聰明人，爲了一點不相干的事情竟想自殺！

伊　這樣子整個俄羅斯都應該自殺：每個人不是輸錢，便是準備輸錢。假使不輸錢，怎麽樣會贏錢？你自己想一想就好了。

烏　你簡直是傻子，我應該對你說。你看不見自己的幸福。難道你不感到你輸的就是贏麽？

格　（憤怒）你們果眞把我當作傻子麽？輸了二十萬，還算是贏錢，眞是見鬼！

烏　你這普通的頭腦！你知道你這樣可以在營裏造成多大的名譽！你這沒有用的人！你還沒有做陸軍士官生，就已經輸去了二十萬！那些驃騎兵會把你端在手裏的。

格　（鼓勁精神）你們以爲怎麽樣？現在事情已經弄到這個地步，難道我還沒有——不顧一切的勇氣麽？驃騎營萬歲！

烏　妙極了！驃騎營萬歲！見鬼！取香檳酒來！（取酒進。）

格　（持杯在手）驃騎兵萬歲！

伊　驃騎兵萬歲！

施　見鬼！驃騎兵萬歲！

格　既然這樣，只好不顧一切了！……（將酒杯放桌上）倒楣的是怎麽回家去呢？父親，父親！……（捧自己的頭髮。）

烏　你爲什麽還要回到父親那裏去？用不着！

格　（瞪眼）怎麽？

烏　你從這裏一直到營裏去！我們可以給你做制服。施伏赫德夫，現在應該給他二百盧布，

格　讓這陸軍士官生出去游玩一下！我已經看到他有一個女人……黑黑的臉龐，對不對？

烏　我要一直跑到她的面前用突擊的方法向她進攻！

伊　驃騎兵眞行！施伏赫漚夫，你有沒有二百盧布？

格　讓我來給他，讓他痛痛快快地玩一個夠！

衆人　（取了鈔票在空中揮搖。）香檳酒麼？

　　　香檳酒！（取酒瓶入。）

格　驃騎營萬歲！

烏　萬歲！……施伏赫漚夫，你瞧怎麽樣？我想到了一個念頭！我們把他舉起來搖一下，像軍營裏那樣的搖法！唔，攻上去，把他抓住！

衆人圍住他，抓他的手脚，用特種的樂調唱出特種的歌：

「我們出自心腑地愛你，

願你永遠做我們的長官！

你燒了我們的心，

我們待你如父親！」

格　（舉杯在手）萬歲！

衆人　萬歲！（把他放在地上。格洛夫把酒打往地板上一扔，大家全摔破自己的酒杯，有朝靴跟上扔的，有朝地板上扔的。）

格　一直到她面前去！

烏　我們不能跟你去麼？

格　不，誰也不能！祇要有人去……就用劍來解决！

烏　眞是勇士！好吃醋，喜歡惹氣，像一個魔鬼。諸位，我以爲他會變成一個勇于私鬥的人。再見罷，再見罷。驃騎兵！我們不留你。

格　再見罷。

施　你以後回來對我們講一講。

格洛夫下。

第十九場

上場人物，（格拉夫不在內。）

烏　錢還沒有到我們手裏，必須暫時對他客氣一點；到以後再把他撇開。

施　我祇怕一件事情，就怕公護局裏的款項耽擱許多日子纔發下來。

烏　這就壞了。但是……你知道，可以找人去催。無論你怎麼巧妙，總歸免不了要惑給這人一點，惑給那人一點，爲了保持秩序。

第二十場

上場人物與官員扎莫赫雷士金（探頭進門，穿着帶點破舊的禮服）

扎　請問一聲：這裏有沒有格洛夫這個人，阿歷山大・米哈諾維奇。

施　沒有，他剛纔出門了。您有什麼貴幹？

扎　關於他領款子的事情。

烏　您是誰？

扎　我是公護局裏的官員。

烏　請進來！請坐，請坐！對於這件事我們大家都有關係，因爲我們和阿歷山大・米哈諾維奇訂立了一種親善的契約。因此您可以明白，從他那裏，從他那裏，從他那裏，（手指一一指着大家，）都會取得極誠懇的感謝。我們想趕快從公護局裏領到款子，越快越好。

扎　隨便怎麼說，在兩星期以前怎麼也辦不到。

烏　頂太長遠了您忘記了從我們方面有些謝的……

扎　這是自然而然的。這一切都可以領受。這怎麽能忘記呢？我所以說需要「兩個星期，」否則也許三個月也會拖下去的。過一個半禮拜敷于總能下來，現在我們的庫裏一個小錢也沒有。上禮拜收到了十五萬，全都發完了，——有三位田主等候着，還是在二月裏押的田產。

烏　這是對於別人而言，至於對於我們有交情的……我們做朋友必須接近些……怎麽樣？……我們是自己人！您貴姓？什麽是芬台佛萊意·潘爾彭奇慈麽？

扎　波騷意·司達喜奇。

烏　差不多一樣。您聽着，波騷意·司達喜奇！我們要像老朋友一樣。您好麽？公事忙麽？順手麽？

扎　公事算什麽？反正當差就是啦。

烏　關於公務上的各種進項……簡單地說，多不多？

扎　那自然，您自己想一想，我們靠什麽生活？

烏　公開地說：你們公護局的人們是不是全收賄賂的？

扎　瞧！我瞧，您在那裏取笑呢！唉！你們這些先生們呀！……還有那些著作家也借取笑願受賄賂的人們；但是仔細看一看，連估着比我們高的位置的人們也收賄賂。諸位，就拿你們來說罷：你們單祇想出了一些好聽的名稱各色各樣的捐款，或是亂七八糟的玩意；事實上還是一樣的賄賂，一樣的貨色，不過換一個名稱罷了。

烏　我看波騷意·司達喜奇生氣了。這是攙到他的名譽上來了！

扎　您自己知道，名譽是微妙的事情。用不着生什麽氣。我已經經驗到一切的事情。

烏　得了罷，我們來講交情話，波騷意·司達喜奇！您怎麽樣？您好麽？府上好不好？有沒有太太，小孩？

扎　靠上帝的保佑。有兩個兒子已經在縣城小學裏讀書；還有兩個小的。一個穿着小襯衫跑路，另一個在地上爬。

烏　但是小手也已經會這樣了麽？（以手作取錢狀。）

扎　你們眞是的，諸位！你們又開始了。

烏　不要緊，不要緊，波騷意·司達喜奇！這是講交情。這有什麽關係？是自己人嗄，給波騷意·司達喜奇一隻香檳酒杯！快些！我們現在應該是好朋友。我們也要到你府上去做客。

扎　（接杯）歡迎，歡迎，諸位！說老實話，你們在舍間喝到的茶葉，在總督府上也找不到的。

烏　是不是商人送的？

扎　商人送的，從恰克圖寄來的。

烏　那是怎麼會事，波騷意·司達喜奇？您和商人並沒有來往呀。

扎　（飲酒，兩手支膝上。）是這樣的：商人是爲了自己愚蠢的原因付出了許多錢。有一位田主，名叫佛拉卡騷夫，典押他的田產；一切手續都已辦妥，明天就可以領款。他和一個商人計劃合夥開工廠。他這錢領來開工廠，或是作什麼別的用處，同誰合夥，這於我們有什麼關係？這不是我們應該知道的事。但是這商人由于愚蠢的原因，在城裏說出他同他合夥，急于等他的錢用。我們這纔派人去對他說，讓他拿出兩千來，便立刻撥款，否則祇好再等候下去！汽鍋和各種傢具都已運到工廠上去，祇等候一筆定金。商人一看，鞭子打不到斧背，祇好付了兩千，再每人送了三磅茶葉。人家說是賄賂，其實還是自己傻的緣故；誰也沒有逼迫他，不能把嘴閉得緊些麼？

烏　波騷意·司達喜奇，關於這件事情請您想一想法子。我們也要給您錢，您同上司好生談一談。總是請你快些纔好。

扎　我去竭力想法。（立起身來）不過說老實話，像你們心裏所想的那樣快是不行的！上帝爲證，庫裏一個錢也沒有。我要竭力想法子。

烏　怎麽樣找您？

扎　您就找波騷意·司達喜奇·扎莫赫雷士金是了。再見罷，諸位！（走向門前。）

施　波騷意·司達喜奇，波騷意·司達喜奇！（同顧）請您幫忙！

烏　波騷意·司達喜奇，波騷意·司達喜奇！請您趕快幫忙！

扎　（下）已經說過：我要竭力想法子的。

烏　要命！這樣長久！（手叩額角）不行，我要追出去找他，也許做得到，不能借小錢。眞要命！我給他三千。（跑下。）

第二十一場　施伏赫湼夫，克里格里，伊哈審夫。

伊　自然最好能快點領到。

施　我們眞是需要錢！我們眞是需要錢！

克　他能和他疏通一下纔好呢！

伊　怎麽樣，難道你們有事情……

第二十二場　上場人物與烏鐵十鐵里涅意。

烏　（帶着絶望的態度入場）眞糟糕！四天以內沒有法子想。我的額角簡直想往牆上撞法。

伊　你爲什麽性急；四天都不能等麽？

施　老兄，就是因爲現在是我們的緊要關頭。

烏　等！你知道不知道人家在下新城等候我們？我們還沒有對你說，我們在四天以前就接到一個信息，叫我們無論如何先弄點錢，趕快前去。有一個商人運來了六十萬的生鐵。禮拜三訂立契約，便可取到現錢，昨天還有一個商人運來了五十萬的蔴。

伊　怎麽樣呢？

烏　有什麽怎麽樣？老人們全留在家裏，却派了兒子們出來做生意。

伊　難道兒子們一定會賭錢的麽？

烏　你住在那裏？你住在中國麽？你不知道商人的兒子們是什麽？商人怎樣教育他的兒子？——不是什麽也不知道，便是知道些貴族們有用，而於商人們無用的東西。他們놀什

樣子眞好看;和軍官們攜手同行,到處喝酒。——他們是對於我們最有利的人。他們這些傻子不知道他們從我們手裏騙來每一個盧布,便會付出幾千盧布給我們的。商人儘想把女兒嫁給將軍,給兒子加上爵位,這是我們的幸福。

伊　是不是十分靠得牢穩的?

烏　怎麽不牢穩!否則也不會通知我們的。一切都在我們的手掌之中;現在每一分鐘都是寶貴的。

伊　眞是的!我們坐在這裏做什麽?諸位,我們已經訂了合作的條件!

烏　這於我們大家都有利益的。等着,我想到了一個念頭。你暫時並不忙着到那兒去。你有八萬塊錢。你把它給我們,我們把格洛夫的借據給你。你可以取到老老傢伙的十五萬塊錢,那就是雙倍,而我們也感謝你,因爲我們現在十分需用現款,我們甘願出大利息借錢。

伊　可以,可以。爲了對你們證明彼此同夥的情感起見……(走到小木箱傍,取出鈔票一叠。)這裏是八萬塊錢。

烏　這借據你拿去!現在我立刻就跑去找格洛夫:應該找他來辦一辦一切形式上的手續。

克魯格里，你把錢送到我的房間裏去，這裏是我的箱子上的鑰匙。（克下）應該佈置一下，預備晚上就可以動身！（下。）

伊 自然嘍，自然嘍！一分鐘也不能再喪失了。

施 我勸你也不要在這裏留得太長遠。你等錢一領到就到我們這裏來。有了二十萬，你知道可以做多少事情？簡直可以把整個市集都弄翻轉來……哎喲，我忘記對克魯格里說一句極要緊的話。你等一等，我立刻就回來。（匆下。）

第二十三場　伊哈寥夫，（一人。）

伊 這局面變到這種地步！早晨祇有八萬，晚上已取到二十萬。對於有些人，這是一輩子的服務和勞力，永遠枯坐，受盡飢寒，和喪失健康的代價。我祇要幾點鐘，幾分鐘就成為有勢力的王子！二十萬塊錢是開玩笑的麼？從那裏去找來二十萬？那一宗田產，那一爿工廠可以賺到二十萬？假使我坐在村莊裏，同些村頭和鄉下人鬼混，每年收三千的進項，那算是什麼呢？學問是空虛的東西麼？在鄉下取得了那些粗野的習慣，以後是刀子也括不去的。而且喪失了多少時間？同一些村頭和農人搭訕……我是願意和有學問的人交談的！現在我得了保障，現在我的時間是自由的。我可以做和學問並行的事情。想到彼得堡，就到彼得堡去。進戲院，參觀造幣廠，走過宮殿傍面，在英吉利河岸路上，在夏花園裏散步。我還要到莫斯科去，到耶魯飯店去喫飯。可以穿京城裏的時髦服裝，同別人並起並坐，實行文明人的責任。這一切的原因何在？應該歸功於什麼事情？——就應該歸功於所謂欺詐行爲。胡說，這並不是欺詐行爲！騙子可以於一分鐘以內做成，但是這裏是經驗和研究的結果。卽使說是欺詐行爲，但這是必須的事情：沒有它是不行的。這多少還是一種預防。譬如，我如果不知道內中精細的花樣，不了解一切的玩意，人家會來騙我的。剛纔他們想騙我，一看和他們交接的不是普通的人，便自己跑來請求我的幫忙。聰明是極偉大的東西。世界上用得着精細的花樣。我用完全另一種眼光，觀察人生。像傻子們的活一輩子，那眞是不對勁；但是帶着精細的眼光和手段，騙人家和不受人家的騙，——那纔是眞正的人生的任務和目的！

第二十四場　伊哈列夫與格洛夫。（匆忙跑上。）

格　他們那裏去了？我剛纔到他們屋子裏去，裏面是空的。

伊　他們剛剛還在這裏走出去了一分鐘。

格　怎麽？已經出去了麽？取了你的錢麽？

伊　是的，我同他們弄清楚了，現在問你要錢。

第二十五場　上場人物與阿萊克謝爸。

阿　（向格洛夫）您是不是問那些先生們到那裏去了麽？

格　是的。

阿　他們已經走了。

格　怎麽走啦？

阿　是的。他們的車子已經等了半點鐘，馬也套好了。

格　（攤手）我們兩人都被騙了！

伊　胡説！我一句話也不明白。烏鉄士鉄里退意立刻就要回來。你知道你現在應該把全部借款償還給我。他們都轉給我了。

格　什麽借款？你從那裏去取借款！你還沒有感到你受了欺騙麽？

伊　你怎麽儘說些不相干的話？你至今腦筋裏還醉得糊裏糊塗的。

格　顯然我們兩人都醉着。你醒一醒罷！你以爲我是格洛夫麽？我是格洛夫，你便是中國皇帝！

伊　（不安）你怎麽儘胡說。你的父親……

格　那個老頭子麽？第一樣，他不是我的父親，做他的兒子才倒楣呢！第二樣，他並不是格洛夫，却是克雷尼靜。他的名字也不叫米哈意爾·阿歷山大洛維奇，却叫伊凡·克里梅奇，和他們同黨的。

伊　你聽着你說正經話！這不是鬧玩笑的。

格　什麽玩笑，我自己也參加在裏面，而且受了愚弄。他們答應酬勞我三千盧布。

伊　（走近他身傍，性急的樣子。）喂，不要開玩笑，我對你說！你以爲我是傻子麽！……有委任證書，又有公護局的人……剛纔有一位官員來過，波騷意·司達裏奇·扎赫莫雷士金。你以爲我不能現在就去請他來麽？

格　第一樣，他並不是什麽公護局的官員，却是退職的步兵二等上尉，他們的同夥；也不姓扎赫莫雷士金，却姓摩爾扎芬金，名字也不叫波騷意·司達裏奇，却叫佛哈·謝米諾維奇。

伊　（絕望）你是誰？你是鬼麽？你說：你是誰？

格　我是誰？我是正經的人，迫不得已，做了騙徒。他們使我輸得精光連一件襯衫也沒有留下。我有什麽辦法？不能餓死呀！爲了三千盧布，我答應參加在裏面騙你。我老實對你說出來，你瞧，我的舉動是極正直的。

伊　（瘋狂地抓他的領子）你是騙子！

阿　（向傍言）這事情弄到了打架的地步。必須趁早走開。（下。）

伊　（拉他）走，走！

格　那兒去？那兒去？

伊　（狂怒）那兒去？到法庭去！到法庭去！

格　得了罷。你沒有一點權利。

伊　怎麽？我沒有權利？偷人家的錢……青天白日……用欺騙的方法弄錢！我沒有權利麽？你到了監獄裏，充軍到了尼古楚再對我說我沒有權利。

等一等——把你們的欺詐的黨羽全都捉起來！你們要知道竊取善心的人們的信仰

和誠心將有什麽結局？法律！我要訴諸法律！（拉他。）

格　你可以依法起訴，但是必須你自己也不做違法的行動。你記住：你是同他們聯串在一起，預備騙我，並且把我輸得精光的。那些牌都是你自己製造出來的。老兄，弄來弄去，你沒有任何起訴的權利。

伊　（絕望地用手擊額）見鬼，果眞是這樣的！（疲乏得倒坐椅上。格洛夫跑下。）眞是魔鬼一般的欺騙！

格　（從門外窺視）你自己安慰一下罷！你還祇有一半的倒楣：你還有阿台拉意達·伊凡諾夫納！（隱下。）

伊　（瘋狂的怒氣）阿台拉意達·伊凡諾夫納，滾你的蛋！（抓起題名『阿台拉意達·伊凡諾夫納』的一付牌，扔到門前，皇后和3飛散地上。）世界上眞有這類騙子，給人類顚醜！我眞是發瘋，——這一切演得這般巧，這般細！有父親，有兒子，還有官員扎莫赫雷士金！而且一切漏縫都塞住了！我甚至起訴都不能！（從椅上躍起，驚慌地在屋內跛走。）以後你再去施狡猾手段罷。使用你的細巧的聰明罷！想法子，耍手段！……見鬼犯不上正正經經的努力和勞動！就在你的身傍會鑽進一個騙子，把你騙糊塗了！這個騙子一下子把工作了幾年的建築物全推倒了！（憎恁地揮手）見鬼！這眞是騙子的世界！會走運的祇有那些像木頭一樣的傻子，他們一點也不懂，一點也不思想，一點也不做事，祇用些舊牌要「波士頓」牌賭一兩分錢的輸贏！

官員的早晨

一

書齋；書櫥；桌上紙張隨意拋放。官員伊凡・彼得洛維奇披着晨服，一面伸展身體，一面出場。他按鈴叫人。前室內發出語聲：「來啦！」伊凡・彼得洛維奇第二次按鈴，——又是同樣的語聲：「來啦！」伊凡・彼得洛維奇不耐煩地按第三次鈴；僕人入。

伊　你怎麼啦？聾了麼？

僕　沒有。

伊　我按了三次的鈴，你爲什麼不來？

僕　我在那裏刷靴子，——我不能把事情扔下的。叫我怎麼辦呢？

伊　伊凡做什麼事？

僕　伊凡掃好了屋子，以後到馬廐裏去了。

伊　拿小狗來！（僕取小狗上）竹竹司卡！竹竹司卡！竹竹司卡！我給你縛一張紙。（在牠尾巴上縛紙。）

另一僕人跑入。

僕　阿歷山大・伊凡諾維奇來了！

伊　請罷！（連忙扔開小狗，把法令全書翻轉來。）

二

伊凡・彼得洛維奇與阿歷山大・伊凡諾維奇。（也是官員。）

阿　早晨好，伊凡・彼得洛維奇！

伊　您的健康好麼，阿歷山大・伊凡諾維奇？

阿　多謝。我不妨礙您麼？

伊　不會的！我是永遠忙着的。您幾點鐘回家來的？

阿　六點鐘。我從軍官街轉灣的時候，車子走近巡警的崗位，問道；『你沒有聽見，打了幾點鐘？』他說：『已經打過六點鐘。』我纔知道已經六點鐘了。

伊　我自己也是那個時候回來的。維司脫牌打得好不好？哈，哈，哈！

阿　哈，哈，哈！老實說，我甚至夢見了打牌的情形。

伊　哈，哈，哈！我一看他把 King 擺上，是什麽意思？我手裏有三倍的紅心 Queen，而且

我早就看到羅吉央・費道賽維奇沒有同花的牌了。

阿　第八場牌鬬得最長。

伊　是的！（沉默一會）我儘向羅吉央・費道賽維奇擠眼，叫他發將牌，——他不肯。祇要

一發下去，——我的鏈形的 Jack 就可以吃了。

阿　不對，伊凡・彼得洛維奇，Jack 不能吃的。

伊　能吃的。

阿　不能吃的，因爲您無論如何搶不到手。

伊　羅吉央・費道賽維奇有鏈形的7，——您難道忘掉了麽？

阿　難道他有鏈形的牌麽？我有點不記得。

伊　自然他有兩張鏈形的牌：一張4，他配給Queen了，還有一張7。

阿　不對。伊凡・彼得洛維奇，他不會有一張鏈形的牌的。

伊　哎喲，我的老天爺，阿歷山大・伊凡諾維奇，您這話對誰說呀！有兩張鏈形的牌！我現在總記得：4和7。

阿　4是有的，——不錯；但是7沒有。否則，他會發將牌的；您自己可以承認，他會發的，是不是？

伊　眞是的，阿歷山大・伊凡諾維奇，眞是的！

阿　不對，伊凡・彼得洛維奇。這是完全不可能的事。

伊　是這樣的，阿歷山大・伊凡諾維奇！最好我們明天到羅吉央・費道賽維奇那裏去。您同意麼？

阿　好。

伊　我們當面問他，他手裏有沒有鏈形7的牌。

阿　好的，我不反對。但是您想一想，羅吉央・費道賽維奇的牌鬪得這樣壞，眞是奇怪。不能說他這人是沒有腦筋的。這人的一切舉止是極細緻的……

伊　還加上他是消息靈通的人——這種人，我們私下說起來，在俄羅斯是少有的。您到大人那裏去過沒有？

阿　去過了。我現在就從他那裏來。今天早晨有點涼。您知道，我有穿麂鹿皮的緊身短衫的習慣，它比法蘭絨的好得多，並且不太熱。爲了這件事情，我特地穿上皮大衣。我到大人府上，——大人還睡着。後來我等到了。於是就談論這個，那個的事情。

伊　沒有講起我來麽？

阿　也講起您來的。並且還是極有趣的談話。

伊　（活潑起來）什麽？什麽？

阿　讓我順着次序講下去。這是極有趣的事情。大人問我常到什麽地方去，爲什麽許久沒有看見我？他還願意知道昨天晚會的情形，有什麽人到場。我說：『到場的有保羅·格里郭里維奇·鮑爾曹夫，伊里亞·佛拉地米洛維奇·蒲蒲尼城。』大人聽我說一句話，跟着就說：『姆！』我說：『還有一位大人熟識的……』

伊　這人是誰？

阿　你等一等！您以爲大人怎樣說？

什　不知道。

阿　他說：『這人是誰？』——我回答：『就是伊凡·彼得洛維奇·巴爾蘇闊夫。』『呀！』

——大人說，——『這是一個官員，並且……』（舉眼向上看）您這裏的天花板畫得很好看：房東花的錢？還是自己的錢？

伊　不，這是公家的房子。

阿　很不壞，很不壞：監子，豎琴，週圍是乾麵包，小鼓，銅鈸：很自然，很自然！

伊　（不耐煩態）大人說什麽？

阿　是的，我覺忘記了。他說什麽？……

伊　他說：『姆！這是一個官員……』

阿　是的，是的；他說：『這是一個官員，……在我這裏當差。』以後的說話沒有什麽趣味，起始講平常的事情。

伊　以後沒有提到我麽？

阿　沒有。

伊　（自言自語）暫時還不大多。我的老天爺！假使他說：『巴爾蘇闊夫先生，爲了某項，某項的勞績，我已呈准頒賜勳章。』

上場人物與施萊台爾。（向門外窺看。）

伊　進來罷，進來罷；不要緊，請進來；什麽事報告麽？

施　簽字。這裏是一件給院裏的公函，和上廳長的呈文。

伊　（讀）『……謹呈廳長……』這是什麽？這張紙留的天地不齊整。這是怎麽會事？您知道不知道，這樣子您要吃官司的？（深刻的眼光投向他身上。）

施　我對伊凡·伊凡諾維奇說過：他對我說，部長不會看到這類瑣碎事情的。

伊　瑣碎事情麽？伊凡·伊凡諾維奇這話說得不錯。我自己也以爲部長不會看到的。但是忽然看到了，便怎樣？

施　可以重寫；不過時候晚了。您既然自己也說部長不會……

伊　不錯！這是實在的話。我和您完全同意：他不會做這類瑣碎事情的。但是假使他忽然想看一看：天地上留的地位大不大，那便怎麽辦？

施　既是如此，我就去重寫。

伊　怎麽叫『既是如此？』我對您好好地說話，解釋，因爲您受過大學的教育。同别人我决不發許多話。

施　我所以敢說，是因爲部長……

伊　等着，等着！這是眞實的話：我不和您作分毫的辯論。部長永遠不會看一看，甚至不會想起這類事情的。但是忽然……那時候便怎麽辦呢？

施　我去重寫一張。（下。）

四

伊凡・彼得洛維奇與阿歷山大・伊凡諾維奇。

伊　（聳肩，轉向阿。）腦筋裏還是有風旋轉着！一個體面的青年人，新近大學畢了業，但是這裏面（指額角）沒有東西。您不能想像到，尊敬的阿歷山大・伊凡諾維奇，我需要多少勞力把這一切秩序樹立起來。您瞧一瞧，我當時接下這個差使的時候是什麽情形！竟沒有一個辦事員會整整齊齊地寫一個字母出來的。你瞧：有的人把K字放在另一行上去，有的人在前一行寫一個『大』字，另一行寫『人』字。總而言之，這眞是可怕！巴比崙天翻地覆的現象！現在您看這件公事：多美麗！多好！靈魂上的快樂，精神上的勝利。至於秩序呢？——秩序井然！

阿　您的官職是所謂血汗換來的！

伊　（嘆氣）眞是血汗換來的。有什麼辦法？我就是這樣的性格。我如果自己肯去鑽營，現在還能成爲這個樣子的麼？我的胸脯上會容不下掛勳章的地位。有什麼辦法？我辦不到。我時常從傍邊發出暗示，說些暗語，但是直說出去，直接爲自家有所請求……不，這不是我的事情！別的人佔着不斷的上風……但是我就是這個性格：我可以把身分降低到任何的地位上去，却永遠不能做卑鄙的行爲！（嘆氣）我現在祇希望一樁事情……能在頸上掛一個勳章纔好呢。並不因爲這使我感到什麼興趣，却祇是因爲可以證明上司對我的注意。我要求您一件事情，寬宏大量的阿歷山大・伊凡諾維奇，有機會的時候，隨隨便便地對大人暗示一下，巴爾蘇闊夫的辦公廳裏很有秩序，任何地方遇不到這種樣子，或是這一套的話。

阿　如果有機會，我極喜歡……

五

上場人物與卡德隣納・阿歷山大洛夫納。（伊凡・彼得洛維奇姿）

卡　（看見阿歷山大・伊凡諾維奇）喂！阿歷山大・伊凡諾維奇！哎喲！我們長久沒有見面了！您忘記我了！娜泰里亞・禮米尼十娜怎麽樣？

阿　上帝保佑！還好！但是一禮拜以前害了一場病。

卡　唉！

阿　心窩下面的胸脯裏又痛，又壓緊。醫生開了清導的藥方，貼雞菊和阿廝尼亞合成的膏藥。

卡　您可以試一試類似治療法。

伊　想一想文明會達到這種程度，眞是奇怪。卡德隣納・阿歷山大洛夫納，你談起這種類似治療法。新近我看過一齣戲。您瞧怎麽？有一個男孩，身材這麽長，（用手表示）不到三歲：您瞧他在柔細的鋼絲上跳舞總有趣呢！我正經地告訴您，我竟駭得喘不過氣來。

阿　梅拉司明得很好。

伊　（意義深長的樣子）梅拉司麼？是的！帶着極大的情感表演着！

阿　很好。

伊　您沒有留神到，她做這種功夫做得很巧妙……（手在眼睛前面旋轉。）

阿　她就是會做這種功夫。但是快兩點鐘了。

伊　您往那裏去，阿歷山大・伊凡諾維奇？

阿　是時候了，我還要在吃飯以前到三個地方去轉一轉。

伊　那末再見罷。什麽時候我們再見？是的，我竟忘記了：我們明天到羅吉央・費道賽維奇那裏去不去？

阿　一定去！（鞠躬。）

卡　再見罷，阿歷山大・伊凡諾維奇！

阿　（在僕室內，披上皮大衣。）我最看不過這類的人。什麽事情也不做，祇是發胖，裝出他是了不起的人，一會兒做成了這件事，一會兒改良好那件事，——眞有德行！還想得這東西，還想得勳章！他是會得到的！這騙子是會得到的！會得到的！這類人永遠會成功的。

至於我呢？我在職務上比他的資格老五年，却至今還沒有得到勳章。眞是討厭的面貌！並且他的身體極鬆軟；他並不打算做什麼事情，祗是爲了攞出上司的注意的樣子罷了。他還求我替他說話！是的，他竟求到我的頭上來了！我要對你好好地幫幫忙，讓你得不着勳章！你得不着的！你得不着的！（他用肯定的樣式，我次用拳頭叩擊手掌，走下去了。）

打官司

書齋。

一

波羅萊託夫，勳爵，（獨坐沙發上，不斷打噎。）

波　我怎麽啦？好像要打飽噎！昨天的飯還留在喉嚨裏。那些蘑菇和冷牛肉湯……吃呀，吃呀，不知道要吃多少東西！（打噎）來了！（打噎）又來了：（打噎）又來了！（打噎）現在是第四次！滾它的蛋，第四次了。再唸一唸『北峯』看裏面有什麽東西？『北峯』報看得我膩死了：和嫁不出去的老處女一模一樣。（讀着喊出聲來）克拉赫馬諾夫得了勳章！那個彼得羅士卡・克拉赫馬諾夫！他那樣小的時候，（以手表示）我自己把他送進士官學校裏的。（繼續讀下去，瞪眼發喊。）這是什麽？這是什麽？莫非是蒲爾菊闊夫麽？是的，保羅・彼得洛維奇・蒲爾菊闊夫，他升官了！眞是的！一個貪官，兩次受了審判，父親是賊，盜用公款，極卑鄙的人，那裏都找不到這類的人！居然會升官麽？而且是全世界的人都把他看作直率性子的人！壞蛋他說：『蒲赫鐵立夫的案子我決得不對大理院沒有弄明白。』他這人真是混蛋，明知我可以分到兩萬，而他沒有份兒！像一隻狗站在乾草上面：自己不吃，也不許人家吃。我知道你的，你去想弄別人罷，在別人面前裝腔罷。我聽得一點關於你的事情，便悔看了報：看一下子，——就感到煩惱，怨誹，——別的沒有什麼。喂，安德烈！

二

僕　（入）您有什麼吩咐？

波　把這報拿走！你把這報送來做什麼？有什麼意思？眞是傻子！（安德烈將報紙取走）蒲爾菊闊夫，這人是什麼東西？這種人是不必多說費話，應該把他遞送到加姆察特卡去的。說實話，我眞喜歡給他使一點壞，那怕立刻就辦，但是至今還沒有機會。有什麼辦法？上帝發了怒。我可以撫摸你，在你的嘴唇上抹點油。嘴唇是什麼樣子的！嘴唇和公牛，和惡狩的一樣！

僕　蒲爾菊闊夫來了。

波　什麽？

僕　蒲爾菊闊夫。

波　你爲什麽儘胡說！

僕　是的。

波　你胡說，傻瓜！蒲爾菊闊夫，保羅·彼得洛維奇麽？

僕　不，不是保羅·彼得洛維奇，另外一個人。

波　怎麽另外一個人？

僕　請您自己看：他在這裏呢。

波　請罷。

三

波羅來託夫與赫里司託佛·彼得洛維奇·蒲爾菊闊夫。

蒲　我驚吵您，對不住得很。環境和事務逼迫我離開小城。我來當面請求幫忙，保護。

波　這真是另外一個人；却有點相像。（出席）有什麼吩咐？有什麼地方可以給您效勞？

蒲　（聳肩）有點事情，關於打官司。

波　打官司麽？同誰？

蒲　同我的親兄弟。

波　先請問您的貴姓，以後再解釋您的事情。請坐。

蒲　敝姓蒲爾菊闊夫，赫里司託佛·彼得洛維奇。現在要同保羅·彼得洛維奇·蒲爾菊闊夫，我的親兄弟打官司。

波　您怎麽啦？怎麽會事？不會的！

蒲　爲什麽您對我瞪着眼睛？您以爲我想白白地離開唐保夫，在郵車上顚蹬麽？

波　上帝祝福您做這種好事情！讓我和您結識得親近些。比這事情聰明些的您是永遠再不會想出來的。儘管現在說，世上沒有公理和寬大的心腸，然而這是什麽？親兄弟，有血統和同胞的關係，也不能原諒！和哥哥打官司！讓我擁抱您一下。

蒲　我自己應該擁抱您，爲了您具有這樣的好心！（互擁）以前我看着您的面貌，怎麽也想不到您是明白道理的人。

波　這總有趣呢這是什麼意思?

蒲　這是正經的。我請問您：您的去世的令堂太太懷您的時候，是不是曾經受過驚嚇?

波　你怎麽儘說些亂七八糟的話?

蒲　不，我對您說，您不會不滿意的，這是時常發生的事。我們這裏有一個議員，他的整個的下半部的臉是一隻羊臉，好像割了下來，長出叢毛，完全和羊一般。而這事起因於一段不大的情節：原來他的母親生他的時候，恰巧一隻羊走近窗傍，魔鬼唆使牠叫了一聲。

波　把議員和羊的事情抛在一邊!……我眞是高興!

蒲　我能得到您的保護，更是高興!現在我開始審視您，看出您的臉彷彿是熟識的：我們騎槍營裏的中尉，很像您和您長得一模一樣!他是可怕的醉鬼，我對您說，他沒有一天不把他的臉磁破的。

波　（向傍言）這隻小縣城裏的狗熊顯然完全沒有管住他的舌頭的習慣。他的心裏無論有什麼亂七八糟的事情，全會到他的舌頭上去的。（出聲）我的時間不多，請您開始談正事罷。

蒲　坐着是講不盡的。這件事情很特別，您知道不知道，在鳥司邱司基縣裏有一個女出主葉夫道非耶・馬拉費夫納・梅里諾瓦麼？不知道麼？好的。她是我和我的混帳兄弟的嫡親姑母。她的最近的繼承人是我和兄弟。您瞧：事情就出在這個上面！此外還有一個姊姊，就是嫁給博瓦連塞夫將軍的：對於她沒有什麼話可說：她早就取得了她應得的部分。就是這個騙子，我的兄弟，——他配得上做魔鬼的師保，——他走到她面前，說道：『姑母，您已經有七十歲了。您這樣大的年紀，何必自己再管理家務；最好讓我來保護您，讓我來養您。』您瞧！您注意！您注意！他竟搬到她的家裏住着，支配一切事情，像真正的主人翁一樣。您聽着沒有？

波 我聽見的。

瀧 好極了。後來姑母病了，什麼病，——誰也不知道，也許他暗中塞給她什麼東西吃了。有人從傍面告訴我。您注意呀！我一到那裏，我的混帳兄弟在外室裏迎接我，滿臉全是眼淚，感動地說：『哥哥，你我一輩子成爲不幸的人，我們的女恩人……』——『怎麼？已經歸天了麼？』——『不是的，快死啦。』我走進去，果真，姑母躺在那裏，眼睛轉動着。怎麼辦？哭麼？沒有用。是不是沒有用？

波 沒有用。

蒲　有什麽辦法？沒有辦法！這顯然是天命！我走近過去，我說：『姑母！我們都會死的，能有上帝對於我們的生命有決定的權利，不是今天便是明天他將行使他的權力，所以您要不要預先安排一下？』姑母怎麽樣呢？我瞧她已經不會轉動舌頭，祇是說：『唉……唉……唉……唉……』我的壞蛋兄弟姑在她的牀舖附近，說道：『姑母用這個表示已經安排好的意思。』您聽見沒有？您聽見沒有？

波　他是這樣的！難道她說過這話麽？

蒲　說什麽！她祇說：『唉……唉……唉……』我一直追問下去：『請問姑母，怎麽樣的安排？』姑母又回答道：『唉……唉……唉……』那壞蛋又說：『姑母說，一切處置全寫在這囑上面。』您聽着！您聽着！我有什麽辦法？我不響了，再也不說一句話。

波　但是請問：您爲什麽當時不揭破他們的虛僞的話？

蒲　那有什麽辦法？（揮手）他起始賭咒說她確乎是這樣說的，——我也就相信了。

波　這囑拆開來沒有？

蒲　拆開來了。

波　怎麽樣？

蒲　是這樣的。等到一切都照基督教的儀節執行了以後，我就說現在是不是應該朗誦死者的遺言。我的兄弟一句話也說不出來；那種悲哀那麼絕望，弄得真有樣子！他說：『你自己拿去讀罷。』證人們召集攏來，讀起來了。您以爲這遺囑怎樣寫的？那是這樣的：『我姪保羅・彼得洛維奇・蒲爾索闊夫克盡子職，生前孝事予，時刻不離，』——您注意，——『故將予在烏司邱司基縣一應祖傳暨自行購置地產，山林等，又略維慈司基地方農奴五百名，一併遺留與彼。』喂！您聽見沒有？『姪女，瑪麗亞・彼得洛夫納・博死違我死，（氏姓蒲爾索闊死，）名下應得農奴百名之村莊一所。』『此外』——您聽！注意着眞正的毛病到了！——『予遺與我姪赫里司託佛・彼得洛維奇・蒲爾索闊夫以作記念之物品如下：毛織女裙三條，暨存置堆房全部什物：計絨毛褥兩件，磁碗碟全套，被褥，頭巾等物，』還有不知多少亂七八糟的破布！您覺得怎麼樣？我問您：毛織女裙於我有什麼用處？

波　他眞是騙子！他眞是可以的！

蒲　欺詐行爲是對的，我同意您的話；但是我問您：我要這毛織女裙有什麼用？我收了下來怎麼辦？難道往自己頭上套麼？

波　上面有證人簽字麽？

蒲　自然嘍！他找到了幾個壞蛋。

波　是死者親自簽字的麽？

蒲　確是她簽的字，却不知道怎樣簽法的。

波　怎麽樣呢？

蒲　死者的名字叫做葉夫道基耶，但是她寫得那末烏糟，竟分辨不出來。

波　究竟怎樣呢？

蒲　不知道是怎麽樣！她應該寫「葉夫道基耶」幾個字，但是她寫了「淩濕了罷」幾個字。

波　這是怎麽會事？

蒲　我對您說，他做一切事情都是這樣狡滑的。「毛織女裙三條遺與吾姪赫里司託沸·彼得洛維奇。」

波　（向傍言）然而保羅·彼得洛維奇·蒲爾菊闊夫確是好漢：我怎麽也想不到他會這樣狡滑的。

蒲　（擺手）『浸濕了罷！』這是什麽意思？『浸濕了罷！』決不會是他的名字的罷？

波　現在您打算怎麽辦？

蒲　我已上呈請求取銷遺囑，因爲簽字是假的。他們不應該胡鬧死者的名字是棻夫道基耶，並不是『浸濕了罷。』

波　好的！讓我現在來着手辦這件事情。我立刻寄一封信給一位相識的秘書，您先替我把遺囑的副本弄一張來。

蒲　眞是說不盡地感謝您！（取帽）應該朝那個門出去，——朝那個呢，還是朝這個？

波　請走這個門。

蒲　對的！我所以問，是因爲我還有用處。再見罷，尊敬的……您的大名是什麽？我老是忘記。

波　阿歷山大·伊凡諾維奇。

蒲　阿歷山大·伊凡諾維奇！有一個波羅里居闊夫司基的名字也叫阿歷山大·伊凡諾維奇，您不認識他麽？

波　不。

蒲　他住在離我的村莊五俄里的地方。再見罷！

波　再見罷，尊敬的，再見罷！

四

波羅萊託夫與僕人

波　眞是意料不到的寶藏！眞是禮物！是上帝打發來的。說來奇怪，心裏感到一種莫名其妙的愉快，好像妻子頭產生了一個兒子，或是部長在擁擠的衙門裏，當着全體官員面前和你接吻。眞是的，一種磁鐵一般的東西！喂，安德烈！（安德烈入）你到我的秘書那裏去請他來。你聽見沒有？等一等：給你一點錢喝白乾酒，喝得醉醉的，像醉鬼一般，——爲了今天的這個機會我允許你喝；還有一點錢給你的兒子買糖吃。你對秘書說，請他立刻就來：有極重要的事情。好容易盼到了！快樂也會輪到我們的頭上來的！你等一等，現在我就要着手演奏，看一看你怎樣跳舞！假使從我的認識的朋友中間能集成一個樂隊，那末你可以給我跳舞，跳得你的腰一輩子也歇不過來。

僕室

一

戲台是一間前室。右面是通樓梯的門，左面是通大廳的門。後牆上也有一扇門，位置稍斜側，是通書齋的。靠牆有一隻長椅，一直到門邊。彼得，伊凡和格里郭里坐在上面睡熟，頭互枕肩上。樓梯的門上鈴聲大震。衆僕驚醒。

格　快去開門！有人按鈴呢。

彼　你爲什麼坐在這裏？你的脚上長膿泡了麼？不能立起來麼？

伊　（揮手）這末說來，讓我去，讓我開門罷！（開門驚喊）安特留士加來了！

別家的僕人頭戴制帽，身穿大衣，手持包袱而入。

格　莫斯科的烏鴉！那陣風把你吹來的！

別家的僕人　你這貓頭鷹！你像我這樣跑跑看。你瞧！（舉起包袱）她打發我把這送到彼得堡區的鮮花店裏去。二角五分的馬車錢都不肯給。還派我到你們的老爺這裏來。怎麽，還睡着麽？

格　誰？狗熊麽？不，還沒有從熊洞裏發吼聲呢。

彼　聽說你們的太太叫你們補襪子，對不對？（大家笑。）

格　老兄，你現在成爲織襪女工了。我們就要這樣稱呼你。

別家的僕人　你胡說。我從來沒有織過。

彼　你們那裏是大家都知道的！一個農僕飯前是廚子，飯後成爲馬夫或僕人，要不就縫靴子。

別家的僕人　那有什麽？學手藝是沒有害處的。不能坐在那裏，不做一點事情。自然我是僕人，同時也是女裝裁縫。我給太太縫，也給別人縫，——借此得點錢。你們怎麽樣？你們一點事情也不做。

格　不，好的主人家裏的僕人是不做工的：另外有匠人在那裏做。蒲爾金伯爵家裏光祇僕人就有三十個。那邊不能就這樣說！『喂，彼得魯士卡，你到那邊去一趟。』他會說：『不，這不是我的事情；請您吩咐伊凡好了。』就是這樣子的！那就是說主人想生活得像一個主人的樣子。你們那位小婦人從莫斯科搬來，馬車像一隻咬碎的胡桃，馬尾巴上緊着掴兒。（大家笑。）

別家的僕人　你這好取笑人的東西！你每天躺在那裏做什麽？你手裏一個錢也沒有

格　你的錢於我有什麽用處？主人在那裏做什麽？他會發給我工錢，我做工或不做工都會給的。我爲什麽要積錢養老？假使主人不發給僕人養老金，那還成爲什麽主人？

別家的僕人　聽說，夥計們打算開跳舞會，是不是？

彼　是的。你去不去？

別家的僕人　那怎麽叫做跳舞會？不過是跳舞會的名目而已。

格　不，老兄，跳舞會是很熱鬧的。每人至少捐一個盧布。侯爵的廚子捐五個盧布，自己還担任預備吃食有各種東西吃的，——不單祇是一些瓜子！已經買了半舖特的糖菓，還有冰淇淋……

主人的書齋內發出細柔的鈴聲。

別家的僕人　去罷！叫鈴呢。

格　他會等一等的。還要放餘火。想雇樂隊，講了講價錢，沒有成功，缺少低音，否則更好呢……

許爺內鈴聲較前洪響些。

別家的僕人　去罷！去罷！叫呢。

格　會等着的！你可以捐多少？

別家的僕人　這是什麼跳舞會？這不過是那末會事罷了。

格　把你的皮包解鬆點罷，你這織襪女工！你看，彼得羅士卡，你看他那樣子……

手指觸他的臉。這時候門開了，穿着晨服的主人拉住格里郭里的耳朵；大家從座位上立起。

二

主人　你們這些懶貨！有三個人，就是一個人從座位上立起來也可以！我拚命地拉鈴，把帶子都差一點弄斷了。

格　沒有聽見，老爺！

主人　胡說！

格　眞是的！我撒謊做什麼？彼得羅士卡也坐在這裏。老爺，那個鈴眞是一點也沒有用的；從來一點也聽不見。應該叫銅匠來一下。

主人　那末去叫銅匠來好了。

格　我已經對總管說過了。結果怎麽樣呢？對他一說，他還要罵的。

主人　（看到別家的僕人）這是什麽人？

格　這是安娜·彼得洛夫納打發來的人，有點事情要見您。

主人　有什麽事？

別家的僕人　我們太太吩咐給您請安，還說她今天要到您這裏來。

主人　什麽事？你不知道麽？

別家的僕人　我不知道。她先是說：「你對費道爾·費道洛維奇說，我給他請安，一會兒，到他那裏去。」

主人　什麽時候？幾點鐘？

別家的僕人　我不知道幾點鐘。她光是說，你對費道爾·費道洛維奇說，我自己要到他那裏去……

主人　好的。彼得羅士卡，快給我穿衣裳。我要出門。你們留神，——我任何人也不接見！隨便什麽人來，都說不在家！（下；彼得羅士卡跟下。）

三

別家的僕人　（向格里郛里）你瞧，挨到了罷。

格　（搖手）唉！這差使就是這樣的無論你怎麼勤謹，——總要挨駡的。

　　梯傍門上鈴響。

格　又有什麼鬼鑽來了！（向伊凡）你去開！爲什麼打哈欠？

　　伊凡開門；穿皮大衣的先生入。

四

穿皮大衣的先生　費道爾・費道洛維奇在家麼？

格　沒有。

先生　無趣得很。他不知道往那裏去了？

格　不知道。大概上衙門去了。貴姓？

先生　你就說淏䰰列沙金來過。很可惜沒有相遇。你聽見沒有？不會忘記麼？淏䰰列沙金。

格　達卡金。

先生　（較明晰些）涅魏列沙金。

格　您是德國人麽？

先生　什麽德國人就是俄國人：涅——魏——列——沙——金。

格　聽見沒有？伊凡，你不要忘記：葉爾達沙金！

先生下。

五

別家的僕人　再見罷兄弟們！我也該走了。

格　你究竟跳舞會去不去？

別家的僕人　以後再說，再見罷，伊凡！

伊　再見！（出去開門。）

六

女僕越僕室跑入。

格里郭里　那兒去，那兒去？看我一眼！（拉住她的衣裾。）

女僕　不成，不成，格里格里·伯夫洛維奇！你不要攔我。完全沒有功夫！（掙脫以後，朝樓梯的門前跑去。）

格　（目送她）瞧她那種走相！（笑）哈，哈，哈！

伊　（笑）嘻，嘻，嘻！

主人入。格里郭里和伊凡忽然繃緊臉，態度變得嚴正，格里郭里從衣架上取下皮大衣，披到主人肩上；主人下；格里郭里立室中，手指挖掘鼻孔。

格　現在有了空閒的時候：主人出去了，好像不是很好麼！——不成，不成，那個鬼，肚皮大的總管立刻會滾出來的。（幕後聽見總管的喊聲。）

總管聲　好像是上帝的懲罰：屋子裏有十個人，那怕有一個人去收拾收拾。

格　大肚子又喊起來了。

七

腹大的總管入，兩手揮搖，作出劇烈的姿勢。

總管　你們如果不怕上帝，應該怕一怕自己的良心。地毯至今還沒有打乾淨。格里郭里·伯夫洛維奇，您應該給別人一個榜樣，但是您從早到晚一直在那裏睡覺，您的眼睛覺睡得浮腫起來，眞是的！您這樣子完全是一個壞人，格里郭里·伯夫洛維奇！

格　莫非我不是人，睡覺也不能睡麽？

總管　誰說這話？爲什麽不能睡覺？但是不能整天的睡。就拿你來說罷，彼得·伊凡諾維奇！不說一句壞話，你眞是像一隻猪！眞是的！你有什麽操心的事情？祇是擦乾淨兩三隻蠟台而已。你呆在這裏做什麽？（彼得慢呑呑下）伊凡，簡直該朝你的後腦上摟去。

格　（下）唉，這生活，這生活！一起來，就喊嚷着！

總管　（剩他一人）每個人應該知道自己的責任。旣是僕人，就應該像僕人，貴族像貴族，主敎像主敎。否則每人都可以有所推託。……我立刻可以說：『不，我不是總管，却是總督，或是步兵營的什麼職務。』——就是這樣的！『你的責任在於監督家庭的一切事務和僕人們的行爲，』——就是這樣的！『你決不能儘說些空話客套的話，却應該弄好秩序，佈置一切。』——就是這樣的！是的。

八

安奴士卡入，她是隣家的女僕。

總管　啊，安娜·旆佛里洛夫納！我看見您很高興。

安　您不要費心，拉佛倫奇·伯夫洛維奇！我特地到您這裏來坐一會：我遇到了您的主人的馬車，知道他不在家。

總管　好極了。我和內人是很高興的。請坐呀！

安　（坐下）請問：您知道不知道，不久快要開遊藝會啦？

總管　知道的。那是大家的公份：一個人，兩個人，三個人。自然這會收一筆大數。我和內人——

共捐了五個盧布。那就是跳舞會，或者就是平常所說的晚會。自然還有東西吃，例如涼飲品。青年人們可以跳舞，還有其他相類的娛樂。

安　我一定到的，我一定到的。我溜到這裏來就是問一下，您同阿格非亞・伊凡諾夫納去不去？

總管　阿格非亞・伊凡諾夫納儘提到您呢。

安　我祗是對於到會的人有點怕。

總管　不，安娜・笳佛里洛夫納，到會的人是很整齊的。不能說一定，但是我聽說到場的有託爾司託古勃伯爵的侍僕，勃留霖魏慈基侯爵的男僕和馬夫，某侯爵夫人的女僕……我想，還有幾個官員會到的。

安　我最不喜歡的是那些馬夫：他們身上永遠有酒或煙的味兒；而且他們全是那樣無智識，愚蠢。

總管　我應該報告您一下，安娜・笳佛里洛夫納，馬夫和馬夫是不同的。自然，馬夫照例離不開馬，有時候還要清除馬糞，恕我說出這種粗話；自然他們是普通的人，喝一兩杯酒，或是因為他們的錢不夠的緣故，抽一抽多半普通人使用的便宜煙絲：自然他們身上有時會發出馬糞或燒酒的味道，——這自然是對的。但是您應該同意，安娜·菲佛里洛夫納，有些馬夫雖然是馬夫，尋常，大半還是馬廄主任。他們的職務或所謂責任，就在於發放大麥，或者在普通的馬夫們有錯的時候，加以責罰。

安　您眞會說話，拉佛倫奇·伯夫洛維奇！我永遠聽得很有趣。

總管　（帶着滿足的微笑）不値得感謝的，小姐。自然嘍，不是每人有話說，那就是說不是每人有辯才。自然嘍，有時候也有……所謂結舌……是的，或者是其他相類的情事，天然發生的……您請到我的屋子裏去坐坐，好不好？（安奴士卡下，拉佛倫基隨下。）

斷片

瑪麗亞・阿歷山大洛夫納家內一室。

一

瑪麗亞・阿歷山大洛夫納（歲數老的女太太）與米哈洛・安得列維奇。（她的兒子。）

瑪　喂，米莎，我早就想和你談一下子：你必須變更職務。

米　好能，就是明天也可以。

瑪　你應該充當武職。

米　（瞪眼）武職麽？

瑪　是的。

米　媽媽，您說是武職麽？

瑪　爲什麽你這樣驚訝？

米　難道您不知道這必須從士官生做起麽？

瑪　是的，做了一年的士官生，以後就可以升充軍官，——這是我的事情。

米　您怎麽在我身上發現了武人的樣子？我的身材完全不是武人的。請您恕我，母親，您說道種話眞叫我十分驚訝，使我……我……我簡直不知道如何去想……我還有點肥胖，穿上短尾巴的士官生的制服的時候，——那神氣眞是不好看。

瑪　沒有必要的。一升做軍官，你將穿長裾的制服，完全掩住肥胖的樣子，所以是一點也看不出來的。並且你稍爲肥胖些，這也好，——可以升得快些：他們看見營裏有這樣肥胖的少尉會感到不好意思的。

米　但是母親，我祇剩一年就可以升到八等文官。我已經做了兩年的九等文官。

瑪　停止罷，停止罷！『九等』『八等』的話刺裂我的耳朵；我不知道會想出什麽念頭。我希望我的兒子在營裏服務。我現在簡直不能看文官的樣子！

米　但是您判斷一下，母親，好生看我一下，好生看我的外貌。我在學校的時候人家就喚我懶漢。當了軍職必須會用敏捷的姿勢騎馬，必須有洪響的嗓音，必須有大力士一般的身材和腰身。

瑪　你會取到的一切會取到的。我希望你一定能服兵役；因爲有一個極重要的原因

米　什麼原因？

瑪　極重要的原因。

米　您到底說一說，有什麼原因？

瑪　道原因……我甚至不知道，你會明白不明白。那個傻女人古勃瑪作死前天在羅古仁司基家裏說，而且故意說得使我聽見，——我坐在第三個人的地方，我的前面是騷菲•伏脫羅士闊死，阿歷山特林那侯爵夫人，侯爵夫人以後就是我。——你想道可惡的女人竟敢說什麼話？……我眞想立起身來，如果沒有阿歷山特林那侯爵夫人，我不知道我要做什麼事。她說：『我很喜歡的是在宮中開跳舞會的時候不許文官入場。道些人全是"Mauvais genre"（低劣情趣的人們，）他們身上有點不體面的樣子。我很高興，我的阿列克西司不穿道難看的燕尾服。』——道幾句話她說得那樣的裝腔作勢，用那樣的腔調……我眞是不知道我怎樣對付她。她的兒子簡直就是十足的傻子：祇會舉一舉腿而已。眞是一個討厭的混賬女人！

米　母親，怎麼樣？原因就在乎此麼？

瑪　是的，我偏偏要叫我的兒子也到軍界去服務，可以赴一切宮中的跳舞會。

米　母親，單單就因爲她是一個傻子……

瑪　不，我已經決定了。讓她氣得爆裂，讓她去發瘋。

米　但是……

瑪　我要給她看一看！管她願意不願意，我要盡我的全部的力量，我的兒子一定也要進入軍界。卽使爲了這，有什麽吃虧的，一定也要進去。我不能讓隨便一個賤女人在我面前裝樣子，舉起她的彎曲的鼻子來！不，這是永遠不會有的！儘管你心裏怎樣想去罷，嫁黎里亞・安德列夫納！

米　您這樣辦就可以使她受氣麽？

瑪　這是我決不能容許的！

米　如果您有這樣要求，媽媽，我可以轉入軍界。但是我看見我穿上制服的樣子，我自己覺得可笑的。

瑪　至少要比這身燕尾服體面些。現在有第一件事：我要給你娶親。

米　一下子又變更職務，又娶親麽？

瑪　那有什麽？好像不能同時發更職務，同時娶親麽

米　我還沒有這意思。我還不想結婚。

瑪　你如果知道娶的是誰，你會願意的。你娶了這頭親，可以在職務上和家庭生活裏同時獲得幸福。一句話，我想使你和侯爵的女公子施萊博赫伏託瓦結婚。

米　母親，她是第一等的傻瓜。

瑪　並不是第一等的，却是和別人一樣的。一個美麗的女郎，單單沒有記憶力有時會忘掉了，說些不相干的話；但這是由於注意力不集中的緣故。她倒不是好嚼舌頭的女人，從來不想一點壞事情。

米　得了罷，她那裏還能嚼舌頭！她勉強把話語聯串上去，那種話人家聽到了，祇好擺擺手。

瑪　母親，您自己知道結婚是心心相願的事情，必須靈魂……

米　是的！我好像預感到了似的。你不要儘來些自由派的玩意。你這是不配的，我已經對你說過二十遍。別的人還勉强湊得上去，單單你是完全不配的。

米　媽媽，我在什麽時候，有什麽事情，不聽從您的話？我已經快三十歲，但是我像小孩一樣，一切服從您。您吩咐我到死也不願意去的地方去，——我也就前去，甚至沒有露出一

點點使我感到痛苦的樣子。您命令我在某人的前室裏侍候鑽隙，——我就在某人的前室裏侍候着，雖然這並不合我的心思。您吩咐我在跳舞會上跳舞，——我就跳舞，雖然許多人儘笑我，笑我的模樣。最後您吩咐我變更職務，——我就變更職務；三十歲上進入軍界當士官生，三十歲上變做一個小孩，爲了博您的歡心，而您還每天用些自由派不自由派的話針刺我。一分鐘內總要叫我一次自由派。母親，這是很痛苦的事；我對您賭咒，這是很痛苦的事！我對您這樣親切的孝心，應該受到……

瑪　不要說這種話！你當是我不知道你是自由派呢？我還知道這是誰對你作的暗示：這全是那個騷巴慈金。

米　不，母親，您說我一切都聽騷巴慈金的話，這是太過分了。騷巴慈金是壞蛋，賭棍，隨便您說他什麼都可以。但是他在這件事情上是沒有錯處的。我決不允許他對我發生一點一點點的影響。

瑪　唉，我的天，他眞是一個可怕的人！我認識他以後，覺得怕起來。他沒有章法，沒有道德，——眞是一個卑鄙的人，卑鄙的人！你要知道他造出我什麼謠言！……我有三個月不敢出門。他說我家裏點剩下來的蠟燭頭；我屋裏的地毯有好幾個星期不用梳子清理；

我出門遊玩，坐雇來的街頭馬車，車套是用普通的繩子製成的。……我臉紅了，病了一個多禮拜；我不知道我怎麽受得住這一套。眞是惟有對於上帝的信念維持着我。

米　您以爲這樣的人會對我發生權力麽？您以爲我能允許麽？……

瑪　我說過不許他再來見我，而你惟有不再固執，今天就向侯爵的女公子求婚，纔能爲你自己辯白。

米　但是，母親，假使不能這樣做，那便怎麽樣呢？

瑪　怎麽不能？這是什麽緣故？

米　（向傍言）到了決定的時候了！……（出聲）這事情關係我的將來的幸福，請您對於這事情給我一個表決的權利能。您還沒有問我……假使我愛上了另一個呢？

瑪　老實說，這對於我實在是一件新聞。我還一點也沒有聽到這件事情？另一個是誰？

米　媽媽！我可以賭咒，從來沒有過這樣的女人，——是一個安琪兒，安琪兒的臉龐和靈魂。

瑪　她是誰家的？她的父親是誰？

米　父親是阿歷山大·阿歷山大洛維奇·渥道西莫夫。

瑪　渥道西莫夫！沒有聽到過的姓名。我一點不知道關於渥道西莫夫家的事情。……怎麽樣，他是有錢的人麼？

米　一個稀有的人！奇怪的人！

瑪　有錢的麼？

米　這怎麼說法？您必須先見他一下。這樣正直的心靈是世界上找不到的。

瑪　他這人怎麼樣？他的職位和財產？

米　媽媽，我明白您的意思。請您容我公開地說出我對於這件事情的意見。現在無論怎麼樣，也許整個俄羅斯國內沒有一個待婚的男子不尋覓有錢的未婚妻的。every人都想藉着妻子的粧奩改良自己的境遇。這在多少的關係上是可原諒的：我明白，一個貧窮的人，在職務上或者別的方面運氣不佳，也許是過分的饑餓妨礙他獲得財產，——一句話，無論怎麼說，我總明白他有找尋有錢的未婚妻的權利，而她的父母如果不去注意他的優良的長處，不肯把女兒嫁給他，未免是不公平的。但是您想一想，假使一個有錢的男子也去尋覓有錢的未婚妻，——那時候世界上將成為什麼樣子呢？這就是等於在皮大衣上面再套上一件皮斗蓬，同時你沒有這東西也已經感到很熱，也許這件皮斗蓬可以披到別人的身上。不，母親，這是不公平的！父親把所有的財產全犧牲在女兒的教育上去了。

瑪　夠了，夠了！我再也沒有力量聽下去了。我全知道了，我全知道了；你愛上了一個賤女人，一個平常人的女兒不知道做些什麽事情。

米　母親！……

瑪　父親是醉鬼，母親是廚子，親戚儘是些警察，或是酒店裏的夥計……我應該聽這一切，挨受這一切，從我的親生的兒子那裏，我將整個性命交給他的兒子那裏挨受這一切！……不，我受不住了！

米　但是母親，請您……

瑪　現在青年人的道德是這樣的！不，我受不住；我敢賭咒，我受不住……哎喲！這是怎麽會事？我的頭眩了！（喊）腰裏刺得痛！……瑪司卡，瑪司卡，把藥瓶拿來！……我不知道我能活到晚上不能。好殘忍的兒子！

米　（奔上去）母親，母親您安靜一下罷！你自己對自己造成……

瑪　這都是壞騷巴慈金做出來的。我不知道，怎麽至今還沒有把這瘟人趕出去。

僕人　（立門前）騷巴慈金來了。

瑪　怎麽，騷巴慈金麽？不見，不見，連他的影兒也不許留在這裏！

二

上場人物與騷巴慈金。

騷　瑪麗亞·阿歷山大洛夫納，我許久沒有來，請您寬容地恕我。我眞是不能來，您想不出，我有多少事。我知道，您會生氣；眞是知道的……（看見米莎）你好呀，老弟！你近來怎樣？

瑪　（向傍白）我連話語都找不出來！沒有見過這樣的人！還抱歉說他許久沒有來呢！

騷　我很高興，您的臉色那樣新鮮而且健康！令弟的健康怎麽樣？我說老實話，也想和他會面。

瑪　那末您可以去找他，不必到我這裏來。

騷　（冷笑）我來對您講一段極有趣的故事。

瑪　我不是愛聽故事的人。

騷　關於娜泰里亞·安德列夫納·古勃瑪作娃的事情。

瑪　怎麼，關於古勃瑪作死的事情麼？……（竭力捺住好奇的心思）還是最近發生的事情麼？

騷　新近的事情？

瑪　什麼事？

騷　您知道不知道，她親自鞭打她的女僕？

瑪　不知道！您說的是什麼話？唉，這眞是可恥！這是可能的麼？

騷　十字架做見證！讓我講給您聽。有一次她吩咐犯了錯的女僕躺在牀上，自己跑到另外一間屋子裏，不記得取什麼，大概是取鞭子。在這時候女僕走出屋子，娜泰里亞・安德列夫納的丈夫佔了她的位置，躺在那裏睡熟了。娜泰里亞・安德列夫納取了鞭子跑來，吩咐一個女僕坐在他的腿上，用被單一蓋，就把丈夫抽打了一頓。

瑪　（罷手）哎喲，我的天，眞是可恥！我怎麼至今沒有知道這件事情？我對您說，我幾乎永遠相信她會做出這種事情來的。

騷　自然是的。這話我對全世界說。人家議論着：『她是模範妻子，坐在家裏，教育兒女，親自教授英語，』其實是什麼教育！每天鞭打丈夫，像打貓一般！……我眞可惜我不能在您道裏多留一會。（鞠躬作別。）

瑪　您往那裏去，安德烈・孔特拉奇也維奇？您有多少時候沒有到我這裏來，不覺得不好意思麼？……我把您看作家裏的至友，已經慣了。您多坐一會罷。我還同您商量一件事情。米莎，那個造馬車的匠人在我的屋子裏面等候着；請你跟他講一聲價錢。你問他，能不能在一號以前改好那輛馬車。馬車要改成湖色，邊飾也要清淡的，照古勃瑪作死的馬車的式樣。（米莎下。）

瑪　我特地把兒子打發走，以便和您密談一下。請問您：您一定知道有這麼一位阿縣山大・阿縣山大洛維奇・渥道西莫夫。

騷　渥道西莫夫麼？……渥道西莫夫……渥道西莫夫……我知道在什麼地方有一個渥道西莫夫；但是我可以去打聽的。

瑪　請您打聽一下罷。

騷　我記得，我記得有一個渥道西莫夫，是股長或是科長……確是有的。

瑪　您知道，竟發生了一件可笑的縣史。……您可以不可以幫我的忙？

騷　您祇要吩咐就是了。我對於您準備做一切的事情您自己知道的。

瑪　事情是這樣的：小兒愛上了，並不是愛上了，抑祇是在腦筋裏生出一個瘋狂的念頭……自然他是一個靑年人……一句話，他在做這個渥道西莫夫的女兒的夢。

騷　做夢麼？但是他沒有對我說這件事情。旣然您這樣說，他自然是做夢。

瑪　我希望您給我幫忙：我知道女人們是喜歡您的。

騷　哈，哈，哈！您爲什麼這樣想？眞是的，您猜一猜：在懺悔節的時候有六個商家的女人……也許您以爲我的方面……自己去追求，或是做出別的什麼行爲……我敢賭咒，我連看也沒有看！還有一件更好的事情：您知道不知道他，那個葉馬拉意……哎喲，我的天，就是那個葉馬拉意，住在離基洛慈那牙路不遠的李鐵意那耶大街上的？

瑪　我不知道。

騷　哎喲，我的天，就是那個葉馬拉意·伊凡諾維奇，好像忘記了他的姓，打死我也忘記了……他的妻子五年以前鬧了一次笑話……您認識她的，——她的名字是西里非達·彼得洛夫納。

瑪　完全不認識。無論葉馬拉意·伊凡諾維奇和西里非達·彼得洛夫納，我都不知道。

騷　我的天！他住的地方離庫洛帕特金不遠。

瑪　我連馬浴的將命也不知道。

騷　您以後會記起來的。女兒是極有錢的，有二十萬的粧奩，並不是虛的，可以在結婚以前取到一張質紙。

瑪　您怎麼樣？沒有娶麼？

騷　沒有娶父親跪了三天求我；我女兒受不住打擊現在進修道院裏去了。

瑪　爲什麼您不娶呢？

騷　有點不對勁。我心想：父親是農奴贖身的，親戚都是下等人。我以後自己也覺得可憐。這世界就是這樣安排着的：儘是一些禮節和虛套。有多少人受了害！

瑪　您朝世界看做什麼？（向傍白）眞是糊塗！現在每一個不知從那裏鑽出來的阿毛阿狗都在心裏想他是貴族。其實祇不過是九品的小官，可是聽他那種說話的神氣！

騷　這是不成的，瑪麗亞·阿歷山大洛夫納，這是不成的，這總是不對……您要明白……人家會說：『他娶了一個不知道從那裏來的女人……』我永遠出這類事情的。有的時候我眞是完全沒有錯處，在我的方面完全沒有關係……但是有什麼法子可辦呢？（高聲說話）在湼瓦河冰化以前永遠可以發現兩三個投河淹死的女人，——我祇是沉默着不響因爲生怕把自己鑽到麻煩的事情裏去……愛是有人愛我的但是爲了什麼？好像我的臉子不能說很那個……

瑪　得了罷。您好像自己不知道您是很美麗的。

騷　（笑）您想一想看，我還在小孩的時候，隨便什麼人走過來都要用手指叩一下頦說道：「這小騙子，眞好看！」

瑪　（向傍言）謝謝罷，關於美貌一層，——他活像一隻叭兒狗，却心想自己很好看。（出聲）安德烈·孔特拉奇也維奇，以您這樣的外貌，可以辦到這件事情的。小兒戀愛到了發傻的地步，心想她是十全十美的，善良而且清白的女人，不能想法子把她弄成那個樣子，那就是稍爲糟蹋她一下……假使您不能使她發生印象，或者並不對您發狂……

騷　瑪麗亞·阿歷山大洛夫納！她會發狂的！您不要辯駁，他會發狂的。我可以把腦袋砍下來，假使她不發狂。我對您說，瑪麗亞·阿歷山大洛夫納，我還不僅祇發生過這類的事情……前幾天……

瑪　無論怎麼樣，不管她發狂不發狂，必須全城傳出一個謠言，就是您和她有關係……並且使這消息達到小兒的耳朶裏去。

騷　達到令郎耳朶裏去麽？

瑪　是的，達到小兒的耳朶裏去。

騷　是的。

瑪　什麽——是的？

騷　沒有什麽，我就是說是的。

瑪　難道您覺得這對於您是很困難的麽？

騷　不，沒有什麽？但是這些戀愛的人們……您想不利，他們是如何的矛盾，會做出各色各樣不合適的兒戲的行爲來：不是手槍，便是……誰知道會做出什麽來……自然我不是爲了這……但是您知道，在上等社會裏這是很不體面的。

瑪　噢！關於這一層，您放心好了。您靠在我身上，我不允許他做這件事情。

騷　我不過是這麽說說罷了。瑪麗亞·阿歷山大洛夫納，您應該相信，我對於您，即使叫我赴湯蹈火，拿生命來冒險，我也願意的，眞是我也願意的……我眞是愛您，老實說出來是甚至有點不好意思的；您會想到什麽別的意思，然而這祇是一種極深的敬意而已。

瑪　啊，我恰巧想到了一件事情！瑪麗亞・阿歷山大洛夫納，請您暫時借給我兩千塊錢只是見鬼，我的記憶力竟會這樣壞！我在穿衣裳的時候，心裏一直想不要忘記了皮包，我特地放在桌上眼睛前面。我一切都取了，煙盒也取了，甚至多拿了一塊手絹，但是那個皮包竟還留在桌子上面。

瑪　（向傍言）怎麼樣對付他？給了他，——他會化盡，不給他，——他會在城裏放出許多無聊的話，使我無地置身。他說他忘記了皮包，我還喜歡。我知道，皮包在他身傍，却是空的。（出聲）好的，安德烈・孔特拉奇也維奇！您在這裏等一等，我立刻去取來。

騷　很好，我在這裏坐一會兒。

瑪　（臨走時向傍言）這壞蛋沒有錢是不肯做事的。

騷　（一人）這兩千塊錢我很有用處，我不能還債皮匠可以等一等，裁縫也能等候，安娜・伊凡諾夫娜也可以等候；自然會喊嚷起來，但是有什麼法子呢？不能把錢化在一切的上面，她祇要有我的愛情就夠了，她是有衣裳穿的，她儘胡說。這筆錢我要這樣用：不久就要開遊藝會；我的馬車雖然是新的，但是每個人都看見過，都熟悉的；聽說岳喜姆有一輛剛造好的，最新式樣的馬車，他還沒有經任何人看過。假使把我的馬車貼出去，再加上兩千，我可以跟他換的那時候我將得到多少的光彩也許在整個遊藝會上祇有一兩輛這樣的馬車。到處會有人議論我。同時也應該想一想關於瑪麗亞・阿歷山大洛夫納所囑託的事情。我覺得最妙是先從情書做起。用這位小姐的名義寫一封信，好像不經意似地在他面前遺落下來，或者忘掉在他屋子裏的桌上。自然會發生不好的結果。但是有什麽關係？惟有挨幾下拳頭而已。拳頭自然是痛的，但是決不會到那種程度……而且我也可以逃走，再有什麽，便逃進瑪麗亞・阿歷山大洛夫納的臥室裏去，一直鑽到牀下，讓他把我從裏面拉出來好了！但是主要的是如何寫這封信？我眞不愛寫信那怕砍死我也不愛寫。眞是見鬼，說話的時候好像解釋得很順利，一拿起筆來，——簡直好像有人打我的耳括一樣：那份難受，那份難受舉不起手來，就是這個樣子。有一個辦法：我手裏有幾封信是人家新近寫給我的，——挑選一封好些的，把姓名括去，在這上面寫上另一個姓。怎麽樣？這不好麽？眞是的到口袋裏去摸一摸，也許僥倖可以找到有用的東西。（從口袋裏掏出一把信來）就是這封罷。（讀）『我身體恨（很）健康，但市（時）常想念你。你忘記我了嗎？伊凡・達尼洛維奇在戲館內見到你，請你常來談話。』見鬼！大概還有白字。不行，我想，這是騙不過的。（續讀）『我爲你糙了一根背梢。」居然要起溫柔的花樣來了！有許多牧歌的風味帶着莎詑物利央的味道。也許這封信裏有合適的？（打開另一封，眯細眼睛努力辨明裏面的句子。）「親——愛——的知己！」這不是親愛的知己却是什麼？「親愛的，溫柔的」麼？不，不，不是溫柔的，不，不。（讀）「卑鄙可恥……的人。」唔！（緊咬嘴唇）「你這狡猾拙猜竊我的清白的人，不肯付清我向小舖裏積欠下的錢，這錢是由於我的無經驗爲你這壞傢伙賒下的，（最後的幾個字是從牙縫中擠出來的）……那末我要向警區告發。」鬼知道這是什麼！眞是鬼知道是什麼！這封信裏並沒有什麼。自然，一切話都可以說，但是必須說得體面，用不使人侮辱的辭句。不行，不行，所有這些信件，我看有點不對勁……完全沒有用。必須尋覓一點强烈的東西，看得見沸騰的水，——所謂沸騰的水。有啦，有啦，我們來看這一封。（讀）「我的心靈上的殘酷的暴君！」這是很好的。「請您對於我的逕命垂憐！」很體面！這纔看得出教育來！一開始就看出人的品行來了。信是應該這樣寫的。有感情，而不使人受侮辱。我就把這封信給他塞上去。下面不必再念；單是不知道應該怎樣括補，使他看不出來。（看簽字）哈，哈！好極了，竟沒有簽名！妙極了！就這樣簽上去。這事情會自然而然弄妥當的！還有人說外貌是空虛的東西，人不漂亮，便沒有人愛上你，便不會寫信，沒有信，便不知道怎麽辦事。（走近鏡前）今天還有點疏忽，但是有的時候，臉上甚至露出重要的神氣……可惜的是牙齒壞了，否則，完全像一位元帥，但是不知道怎樣蓄養鬍鬚，週圍留着鬍頭呢，還是全剃得精光，在嘴唇下面發起來？

密爾格拉得

果戈理著　　孟十還譯

這是果氏奠定了自己文學基礎的第二部小說，裏面包括四篇：「舊式的地主」，「塔拉斯．布爾巴」，「魏」和「伊萬．伊萬諾維奇和伊萬．尼基佛洛維奇怎麼爭吵的」。凡是略知俄國文學的人，沒有不知道這幾篇東西的。作者從這部小說開始，已經趨向於寫實主義，所以在這裏就有奇聞，有瑣事，有嚴肅，也有詼諧，有平庸人的寫照，也有歷史上的事件，用浪漫的才能和寫實的手法，織成了燦爛的奇觀。全部從原文譯成，不但介紹了這偉大的作品，也證實了複譯的必要。並將原本所附著名插畫六幅，盡行採入，是一最完全的譯本。

譯文叢書
果戈理選集四
巡按使及其他
耿濟之譯

定價金圓一元八角五分

中華民國三十年十二月初版
中華民國三十八年三月三版

發行者
文化生活出版社
上海巨鹿路一弄八號
重慶民國路一四五號

印刷者
文化生活出版社